只是當時
已惘然

Just Lost at the Time

見澤居士 著

本故事

係都市傳說改編

如有雷同，純屬巧合

鳴謝

唐子碩、陳斯為、鍾葦

H. Kung　O.K. Lok　N.P. Wong　Y.Chu

Joy Chen　X.Y. Chen　Y.W. Cheung
Y.W. Chou　S. Ho　Y.C. Ho
W.Q. Hong　K.Y.Hsu　Y.F. Huang
R.L.Gong　Arthur T. Laam　S. Lam
Eureka L. Liu　P. Lee　W.S. Lim
C.C. Liu　Semon Lobanov
T.H. Ngan　T.Y. Ngan　Heinrich Ricardo
Kevin Shaw　J.M. Peng　S.L. Peng　Terry Teo　T.Y. Tsang
F.Wang　Y.Wan

對本文創作的支持

自序　教我如何不惘然

　　不知不覺間，當時的一句玩笑話，《只是當時已惘然》終於寫好了。耗時三個多月，這本書，算是傾注了我的心力，也算是馬馬虎虎完成的——光是寫書的過程，也足以讓我回憶再三了。

　　有人問我為什麼要寫這本小說，其實我也說不清楚——不過有一點來得很清楚，在某次向我的同桌「陳仕為」講完「老三」的「名言警句」之後，陳便打趣似地跟我說，要不就寫一本三學語錄吧。我當時並未當真，只是覺得有趣，也就玩笑似的應承下來。

　　真正下定決心寫這本書其實是四月底的事。那天晚上大概是考完了一次試，我很煩。想到「沈三知」剛剛說過的那句「永遠戰戰兢兢，永遠如履薄冰」，我便開始落筆寫點東西自嘲了——其實也就是漫無目的地寫，也許還帶了些情書的味道。寫到最後，這篇文章竟也有一兩千字，於是我就打算拿來做結尾了——幾位友人在看過我的這些字句食指大動，還鼓勵我繼續寫下去，被我滿口答應了——先有結尾，後有開頭，這也算是這本書的獨到之處了吧。

　　寫書的時候，我陸續積攢了一些粉絲。給我爆料啊、想梗啊，為我的寫作做出一些真真切切的貢獻；在我低落、寫不下

去的時候，都來鼓勵我（某些時候其實不如稱作是「鼓動」我）堅持下來。這一路，離不開粉絲們的鼎力相助。

至於小說主旨，在我個人看來，是不明確的。有人直截了斷地說這本書是一本爛俗小說，這點我不反對：畢竟「十七個情人」之類的梗常常將我的粉絲們逗笑。「刁嘯宇」曾經批判過這種理念，認為太淺薄，不能反映文章對於人物及人性的深入剖析。這種批判我也贊成，出現這樣的現象，與我不成熟的寫法是脫不開干係的。不過我也能夠自圓其說：正如東吳弄珠客評價《金瓶梅》一般，「生憐憫心者，菩薩也；生畏懼心者，君子也；生歡喜心者，小人也；生效法心者，乃禽獸耳」，對於文章的取向不同，自然評價各異；雖不至於上升至道德高度，但「一千個讀者有一千個哈姆雷特」，我不會因為一些讀者的好惡去刻意改變文章的內容——若能免俗，也不妨將此書視作一本閑書，一笑也就看過了。

另外，本書的劇情在我看來也是值得一提的。曾經有粉絲說，書中的環境像是有一種上世紀末、本世紀初的滄桑之感；亦有人道，書中的情節像是環環相扣的，取題有些精妙，給讀者以較強的代入感……我不敢誇耀自己的文筆，但是有一點我是肯定敢說的，那就是整本書確乎是一本寫實的書。刨去文章前段飯局與打鬥一類的場景，以及那並不與原文緊密聯繫的「終章」，幾乎所有的故事都是在現實中演繹過的，為此，我還特地考據。當然，其中也有不足，就比如說被「余心」fair 之後的「沈三知」曾經同我在飯桌上陰陽怪氣，指桑罵槐式地說著「余心」的壞話。類似的場景還有很多，此處不一一列舉，若

有機會再版，定當予以拓展、補齊。

　　行文至此，我已將我寫作此文的感受通述了一遍。最後，我還想順帶著向港台地區、乃至全世界的華文讀者們捎上一句話：這是我用正體（繁體）中文寫的第一本大部頭小說，加之時間倉促、篇幅冗長，其中難免有字形錯誤、邏輯不通等不足之處，歡迎各位批評指正。

目錄

武陵春

（一）

　　西元二零一六年冬。

　　這些日子，鰲山中學似乎並不太平。舊校辦工廠改造的宿舍樓霞園裡，時時傳出所謂「鬧鬼」的消息——晚上時不時地聽見有人抽泣的聲音。一時之間，整個校園裡人心惶惶，流言四處飄起：有說是先前工廠裡受怨死的工人的冤魂作祟，又有人說這霞園所在之處原先是一片亂葬崗，故而陰氣重……

　　作為一名走讀學生，這些消息傳到我的耳朵裡，自然多是道聽途說來的。但我對這些消息往往只是笑笑，因為所謂的「鬼哭」就是我的一位老友的「傑作」。

　　這位老友喚做劉世琛，是我的初中同學，16 年初二畢業後和我一起從昌明中學被保送到褐溪本地最好的高中鰲山中學，學制四年。這位劉同學並非本地人，而是鄰省泉陵市人，雖然在褐溪出生長大，但一口褐溪土話卻講得稀爛，除去「奋衡裡娘子札屄」（幹你娘）一類的粗話，大概也沒有什麼拿得出手的東西。

　　至於他為什麼哭，不出四個字便是「為情所困」。

　　那天晚上，他的一伙野蠻室友趁他洗澡的時候在他枕頭下

搜出一本本子，上面密密麻麻，全是一個女孩的名字——張靜——這位女子可是劉世琛掌中寶、心頭肉，當時劉世琛聽說她主動放棄保送機會的時候，他們兩個相擁而泣的場景猶在我腦海中揮之不去。正可謂郎才女貌、郎情妾意……即便分隔兩地，他也時常抽空去看她。

接著便是大老爺們的一場哄笑。又有人自告奮勇，找了一頁空白塗鴉了幾筆「呆頭」，那個經典的半裸的瘦小猥瑣男人形象可謂是栩栩如生，唯一不同的便是短褲上寫滿了張靜的名字。

一片輕佻的歌聲中，本子被撕得粉碎，漫天飛舞。

出浴後的劉世琛頓時傻眼了，他默默地抓起一把紙屑，隨手拿起了他的保溫杯。

全武行？

出乎意料的事情發生了，他把紙屑和著茶水吞了下去，一邊嚎啕大哭了起來。

他一連哭了幾個晚上。這便是第一次「鬧鬼」。

不過霞園裡就此也沒再消停過，不出數日，又接連發生了幾樁諸如女生宿舍內衣內褲連環失竊的不得了的「懸案」，「鬧鬼」的事情也沒再少發生過。

(二)

至於第二次「鬧鬼」，也終究沒逃過一個「情」字。這個故

事的主人公便是人稱「老三」的沈三知——這可是個不得了的人物——照他後來的話來講，叫做「情至深處，潸然淚下」。

　　嚴格來講，沈三知並不是本地人，但家世與劉世琛相比可謂是迥乎不同。沈家是東北松花江市人，據說是當地有些名望的大家族，祖父與兄弟三人來到褐溪當官，在城關區留下不少產業。沈三知是家中的獨子，從小養尊處優長大，殷實的家底加上英俊的容貌，在女人堆裡便是惹眼的一位優質男。

　　當然，彼時尚未文理分科，加之沈三知是鹿鳴中學保送來的學生、我作為高利貸者兒子的身分與其官家子弟的身分相差甚遠，我們二人並不相熟，這都是後話。這裡的故事，也是後來茶餘飯後聽人講起的。

　　那一夜，沈三知在 63+2 寢室與朋友談笑。他前些日子被父母砸了手機，有些不悅。於是乎他很自然地借用了室友曾宇的手機上網，看看 QQ，等待著與女友孟姝聊天的「例行公事」。

　　沈三知與孟姝之間的關係同劉世琛與張靜之間的關係有些相似，都是異校戀；但也終歸有些不同，孟姝並非沒有保送上鰲中的機會，同時也沒有放棄被保送的機會——據我所知，她應是受人排擠而與沈三知分別的——她的保送考試成績離所謂「分數線」只差五分，與當年昌中第一陳逸風的境況一致——不過也難怪，孟家是商人，商人終究是幹不過官人的。

　　沒了老三在身邊，初三時的孟姝「學壞」了，終日與鹿中那群小混混混在一起，吸菸、喝酒、燙頭一樣未落，成了一個小太妹。

　　沈三知無所事事地劃著手機屏幕，似乎就是在隨便看看空

間動態、新聞之類。突然，一串孟姝的消息閃了出來。

他滿心歡喜地點開，卻又跌落谷底：

「哥哥，我覺得我們回不去了。」「我們分手吧。」

他先是感到莫名其妙，其後又有一股五味雜陳的滋味湧上心頭。

但他實在放不下這個身段，也對她狠不下心來。畢竟沈父與孟父是故交，孟姝也叫了他那麼多年哥哥，更何況孟姝是他的初戀……他對她絕對放不出狠話來。

猶豫再三，他緩緩地打出了一句「沒事，早點睡，好好中考。」

他的眼前一股黑潮襲來，眩暈之下，他差點將曾宇的手機丟到洗腳桶裡——好在他殘存的一點理智驅使著他將手機緩緩放下——他的理智已無力同心中湧動的情感打成平手，終於這股情感又幻化作一股力量，從他的喉部激烈地釋放出來。

他歇斯底里地呼喊著孟姝的名字，刺破了城郊山林午夜的寧靜。

他收不到回應的。

他收到唯一的回應便是霞園正對的幽谷中此起彼伏的回聲——他自己的聲音。

霞園廊道上的聲控燈閃爍著，室友們得以看見他站在陽台上，孤獨憂鬱的臉上微微撫過的淚光。

情至深處，潸然淚下。

（三）

　　沈三知在鹿中圈子裡似是極有聲望的人，一進來就在保送 2 班被推選為班長。他的人際關係網絡並不僅限於鹿中這一個小圈子裡，他是官家子弟出身，在城關區機關小學唸過書，也因此結識了一批有勢力背景的同學，其中不乏有被保送到鰲中的。

　　他的搭檔是來自實驗中學的陳淇瀅，辦起公事來確乎默契得很，看上去與他是早就熟識的——後來的說法也證明了我的想法，他們原是小學同學來著。

　　與沈產生交集，有兩個人功不可沒。一位是陳淇瀅，這一屆保送班出了名的交際花；另一位是朴叡，先前是鹿中的學生，同我一樣，是褐溪市沅蘭縣人。我常用土話稱朴叡「朴滿」，同鄉的身分也讓我與這位博學多聞、在初中兩年即自學達到大學水平、敢同鰲中頭牌地理老師一爭高下的「地理小王子」親近許多。

　　朴滿家境殷實，在城關區擁有數套房產，在沅蘭老家也建起了山景別墅，與氣功大師黃森的宅邸「皇府」遙相呼應，同沅蘭縣政府形成「三足鼎立」之勢。但朴滿本人比較簡樸甚至乎放浪形骸之外，開學時便以壓縮餅乾與發餅度日，據說內褲是正三角形，一日換一個角度、兩面重複使用，一個禮拜上六天課，一條內褲剛剛好。當時鰲中還是李石溪先生擔任校長，校舍與居民樓之間沒有圍牆阻隔，在聽到居民樓中有幾處物美價廉的飯館後，朴滿便時常邀上我等一眾弟兄，點上幾個小菜

便欣然啓行。

陳淇瀅就租住在校內的居民樓裡,自然「近水樓臺先得月」,搶先一步知道這其中別有洞天,時常在此與一兩朋友小聚。一日,我們這群大老爺們中午在飯館指點江山之時,碰上了姍姍來遲的沈三知與陳淇瀅二人。

兩人方才結束完辦公室裡瑣碎的衛生打掃,來此休憩一番。雖說 15、16 級八個保送班就在那麼小小一棟振翮樓裡,照理說是低頭不見抬頭見的,但二人一見到朴滿,就一個勁地邀約起來。

一人得道,雞犬升天。坐在戶外雨棚下聽著風聲呼嘯的這群大老爺們也就順理成章地拎著殘盤上了室內開著暖氣的飯桌,像模像樣地開始表演起觥籌交錯的場景來。

朴滿很給我面子,向大家介紹道:「這位是胡文標,是我老表,才高八斗、學富五車的帶詩人(大詩人,依北方官話習俗變音以示尊敬)!」

「不敢當!不敢當!」我急忙擺手。剛剛進入保送班,成績一落千丈,唯一拿得出手便是一點點課外知識和不足掛齒的文才。與其說是「大詩人」,倒不如說是個有點文筆的憤青罷了。

但陳淇瀅很是熱情,說笑道:「你別謙虛,你的文章我看過,有股民國大家的風範。」又邀請我坐上座,讓我來作詩祝酒。

同伴們一擁而上,唱和著把我往上座上推,拉拉扯扯差點把我的棉襖扯下。一旁的沈三知與陳淇瀅倒是斯文地很,一面

把上座空出，以示「虛左以待」；一面對我笑臉相迎，盡顯地主之誼。

我便這樣糊塗地上了位。

本就受不了暖氣，我早已全身發汗；又經歷一番「扭打」，臉上紅得似喝過酒一般。大家以為我羞澀，便沒再說笑，反倒是以期待的目光望著我，希望我給出些佳句。

我便也不推辭，開了腔，操起一口標準的褐溪方言講道：「項（第一人稱，意為我）喊做胡文標，洋名是 Benjamin。衡哩（第二人稱，意為你們）喊項阿標就要得。今埠跟大家填一首絕句，望到衡哩會作興！」接著，從我的油嘴邊滑出的便是幾句官樣文章，「鰲山才子道齊修，故人同做楚國游。一放書劍豪俠氣，誓作孤松立天穹。」

往後看來，我這詩文著實只有一般，但大家似乎很是買帳，沈三知帶頭，齊刷刷地鼓起掌來。接著桌上的蕭遙宇竟不知從何處東拼西湊出文房四寶，揮毫寫下四字「獨步鰲頭」，將氣氛推向了高潮。

一片叫好聲中，弟兄們之間開始點起了低度雞尾酒推杯送盞。沈三知的臉上閃過一道奇怪的神色，與朴滿小聲攀談起天體物理學來。

✦ ✦ ✦

餚核既盡，杯盤狼籍。座上的各位已經有些微醺了，考慮到下午的課程，分別的時候到了。

臨別時，沈三知與我握了手，用國語字正腔圓地做起了自我介紹：「我叫沈三知，東北松花江市人。你可以叫我 James，

也可以叫我占美。」他冷不丁地一拍大腿說道,「我很喜歡這種港式的翻譯!當然,以文會友的話,就叫我錢塘君好了。」我微笑著與之作別,仔細打量著這位看上去頗有教養的東北帥哥。

朴滿更是同他來了一個俄式貼臉禮,之後耳語呢喃了兩句。

我約莫聽到了「臨安」二字,但朴滿臉上那抹微笑彷彿在有意無意地暗示著我,事情沒那麼簡單。

臨安?錢塘?我的直覺告訴我,這其中必有千絲萬縷的聯繫,值得我去深入瞭解一番。

事後朴滿跟我說,那頓飯是沈三知請客、朴滿付錢的。

(四)

仔細看來,沈三知確實是一個值得注意的人。保送2班的風氣與我們4班大有不同,一團和氣,讓人有些驚訝,我不由得佩服沈三知的治理水平——畢竟這種「多元一體」親如一家的班級景象在高中可謂是鳳毛麟角。

沈三知擔任2班班長的同時出任地理科代表,又或許是在朴滿的耳濡目染下,他同我們學校的地理權威韓先生走得很近——韓先生早年修煉氣功,一副仙風道骨,因而被人稱作「道長」,年近半百仍是一副少年模樣;唯一暴露其年齡的恐怕是他那一口被香菸燻黑的牙齒與身上散發出的淡淡菸味,在西裝革

履襪托下別有一番氣質——與朴對韓劍拔弩張的競爭關係不同，沈對韓頗爲恭敬，而韓也對沈報之以近乎平等的尊重，在我看來，較之師生，他們看上去更像是忘年交。

出於工作原因，沈課後常去振翮樓中的兩處地方，其一是 2 班對面的 103 辦公室，那是 2 班班主任的所在；其二便是 105 辦公室，是與韓先生交流工作、研討學科的場所。去前一處，常由同爲 2 班班長的陳淇瀅陪同；去後一處，多是沈獨自出行，陳有時旁聽。

在進入保送班之前，我一直自視爲理科生，畢竟我那麼鍾意網絡技術一類，手機電腦軟件維護工作我早也能夠輕鬆勝任。可是事與願違，即便一心撲在理科上，當一次次看到自己扶不上牆的化學成績和直線下滑的物理成績時，我漸漸改變了志向，決定通過文科「曲線救國」——我若學了理科，或許最後會淪爲一名專科生，成爲保送生中的笑柄——但學文科有一個直接的問題擺在眼前，便是我的自然地理。雖說後來知道自然地理不是高考重點，但畢竟也不能讓它拖我後腿，因此，我成了韓道長的一位「常客」，忍受著二手菸帶來的煎熬的同時試圖用力汲取一些地理養分。

從此，空閒時分的 105 擺脫了韓道長吸菸室的單一屬性，成了朴與韓「華山論劍」的小校場、沈與韓的聊天室、陳的影院、我的地理知識補給站。

於是乎我與沈慢慢熟絡起來了。碰上沈三知，不管他是一人漫步還是與陳淇瀅一起奔波爲公，我便以一種謙恭的語氣對其寒暄；碰上我，沈三知也會以大方的姿態對我問候。「阿標」

「占美」這兩個亦洋亦土的稱呼開始不絕於振翮樓的廊道。

　　循環往復之下，我糊裡糊塗地又成了沈三知和陳淇瀅的座上賓，此後一段時間更是晉升為常客。

（五）

　　沈三知吃飯時有兩個愛好，一是講天體物理學，二是玩手機。他的手頭寬裕得很，此後的半年當中，我見過的手機不下三台——他似乎早已從手機被摔的陰影中走了出來。不過他也就此變得精明了不少，正所謂「狡兔三窟」，在每買一部手機的時候他都會備上一部模型，照他的話來講便是「做好萬全的準備應付可能的檢查」。

　　這段日子我與沈三知相處得倒也算和善，他開始與我有了一些禮節以外的溝通，大抵逃不出這幾類：我本不熟稔的高深學問、流行的通俗笑話、有錢人的枯燥生活以及一些所謂「值得紀念的人生經歷」。由於觸及到了我不熟悉的領域，在大多時候我也只能是應和，在我看來，同這樣博學多聞、儒雅隨和的人交際可以增長我的見識。

　　一再確認之後，我覺得自己徹底摸清了沈三知和陳淇瀅的關係：並非我所想的那種曖昧的男女關係，只是普通的工作夥伴而已。在沈三知另有安排的時候，我也與陳淇瀅單獨吃過幾次飯。雖然腦迴路清奇的我無意之間向她提起過這種誤解，但她並不在意我之前的所想，只是禮貌地向我表示寬容的態度。

她告訴我自己與沈相識多年，一直把他當作鐵哥們，合作默契也是情理之中，叫我看清就好。我也就一再在心中安慰自己，叫自己不要自責，交際花畢竟是交際花，和任何人都可以成爲好友的。

我漸漸發現，沈三知平時與好友相聚，並不自稱「占美」或「錢塘君」，大家多叫他「老三」。抱著試一試的心態，我把這種稱呼記了下來。

2017 年的元旦來得很快，甚至乎令人有些猝不及防。振翮樓兩屆八個保送班自發地搞了一個元旦晚會。沈三知和陳淇瀅擔任主持人，我作爲演出人員之一，與他們在正式場合來了一次愉快的合作。歌舞罷了，老三拍拍我的肩膀，爲我戴上了一朵大紅花——我有耳聞這是鹿中最高禮遇，移植到我身上，必是極爲榮幸的。於是乎我憨厚地笑了，燦爛得如一剪寒梅在冬日裡迎春一般。

元旦過後，上學期期末考便不遠了，我不出意料地被分在了第五考場——照鰲中傳統，考場依據成績排序，第五考場便是最差一個考場。不過我並不以此爲恥，因爲在 12 月月考中我取得了重大突破，本是有能力進入第四考場的；可是造化弄人，我成爲了第五考場「坐把」（扛把子），考號 10501。

第五考場的位置不大固定，加之 15、16 級期末考試時間衝突，振翮樓這棟小巧的建築早已被占據一空，我們被迫「轉場作戰」，在逸夫樓會議室完成考試。

說來好笑，逸夫樓雖是上世紀 90 年代興建的實驗樓，但缺乏後期維修，有些樓層荒廢已久，天文台甚至早已淪爲學生夜

遊探險、小情侶幽會談情的場所。與擁有 70 年歷史的木製建築振翮樓相比，逸夫樓的會議室在冬天甚至有些漏風——這大概是振翮樓比較有「人氣」的緣故吧。

出乎意料的是，我一向尊敬的大佬沈三知就坐在我的身邊靠窗的位置，考號 10502。

我下意識地打了招呼：「老三，我們這次通力合作哈！」我的臉上帶著一抹憨笑。

沈三知的表情有幾分異樣。

我以爲是窗子沒有關緊，於是便伸手去關窗戶。

沈三知往後坐了一排。普通考試畢竟都是填答題卡，考號無誤也就沒有問題，調換位置並不妨礙考試秩序。我以爲他只是怕冷，本著「良禽擇木而棲」的原則，沒有過多過問。

殊不知我犯了大忌。後來聽人說起，沈三知之所以被稱作「老三」，是因爲他曾一度占據鹿中第三的位置。我這麼一提，無異於火上澆油，在他看來就是對他 12 月月考失利的莫大嘲諷。

以往熱情的沈三知開始對我冷漠起來，冷得像冰封的松花江。

我緩緩反應過來，北國人士原應是不怕冷的。

（六）

期末考後，依據鰲中的慣例，是不會立即放寒假的。況且

我們是保送班，肩負著「兩年學完高中知識，兩年複習準備高考」的重擔，學校組織的補課便毫無疑問地成了我們的必需品。

補課的日子與往日沒什麼不同，照樣是早上七點二十上課，晚上九點下晚自習。唯一掃興的是，音樂、體育、美術、信息技術一類無學術壓力的課程是沒有的，取而代之的是自習課。

聰明的保送生們很快摸出了一條門道：補課期間，為了不打草驚蛇、引來教育局的督察，校方通常會低調行事，常規工作也就自然而然地廢弛了。基於此，振翮樓裡的氣氛開始放蕩起來，洋溢著一股年關將近的歡樂。

沈三知終歸是沈三知，遠近馳名的都市麗男，身邊總是少不了幾個形貌昳麗的女子。

這我當然可以理解，畢竟這種帥氣的男子誰不愛呢？對於女孩子來講，不論是把沈當作男朋友，還是把沈當作普通朋友，都不會太差吧？

不過這幾天的沈三知委實有些嚇人，一改往日的熱情，擺著一副臭臉給我。走路的姿勢也不似過去的那般精神，倒有幾分張揚，估計是得了他東北老家苞米地裡熊瞎子的真傳吧。

最近沈三知似乎與雄州省最大的餐飲連鎖企業的大小姐 Kirsten 走近了不少，這似乎並不是什麼大事的，不過我不得不多張個心眼：自從和 Kirsten 關係搞僵之後，我的名聲臭了不少——是我對她失禮了沒錯，但我的的確確沒有想到她竟會搞出這麼大的動靜，一個勁地往我臉上潑髒水，連我的好友們都因

此對我抱有很重的惡意——或許這就是大小姐脾氣吧，我也不想太過計較，免得引火燒身。

一連幾個晚上看到他們在振翮樓廊道上談笑風生，我心中生出一股天然的防範，從此便與沈三知交集少了。

約莫是小年時分，我們四個保送班又各自組織了活動。我在班上演出的《悲慘世界》大致是成功的，與 Kirsten 合作也沒有出什麼幺蛾子，大家似乎忘記了我們之間的不合，還紛紛鼓起掌來。

若要說些什麼美中不足的，其實也有。那時我臨時幫一位同學拿著一把用以充當道具劍的傘，Kirsten 的閨蜜卻突然哭了起來。原來這把傘歸這位閨蜜所有，想必是對我有意見而覺得受了委屈。多一事不如少一事，我偷偷溜出了教室，一直到活動結束才敢進來。

晚上，為了慶祝演出成功，朴滿等人請我去三樓食堂吃飯。臨行前，我答應幫一位喜愛機械維修的同學捎帶一把扳手回寢室，便將其纏上兩層破布，隨身捎帶著。

食堂不比飯館，排隊是極為惱人的。朴滿憑藉著人脈，一句「快過年了吧」順利插隊；而我也希望效尤，便用左手端著餐盤，右手拿出扳手揮舞著，佯裝憤怒地說著年關將近的事。

排在我前面的女子猛然回頭，正是 Kirsten 的那名閨蜜。沒插到隊是必然的，我心中反覆祈禱著不要再出什麼事。

氣氛尷尬沈默得很。飯罷，朴滿叫我講點笑話助興。

笑話？我自己彷彿就是一個笑話。

心亂如麻，便也沒啥太多可說的話。我徐徐起身，從右側

口袋裡甩出那把扳手，重擊在桌面上。我用方言大喊：「項哩（第一人稱，我們）要低調做人，高調做事！」

食堂裡收拾餐盤的老頭見狀，雙腿一軟，向別處跑去。同桌吃飯的弟兄們大呼過癮，有的起身鼓掌，有的俯身大笑，有的竟笑得差點被飯噎住。

我們在一片歡聲笑語中下樓，碰見從二樓小炒廳出來的沈三知。

他對我厲聲警告道：「她家後台很硬，不要亂來。」

我並沒有反應過來他說的是誰，便也只好應承。小不忍則亂大謀的道理我還是懂的，雖然語氣不大客氣，但畢竟也為我敲響了警鐘，從此我開始便盡全力避禍。

（七）

極致壓縮的寒假如同朴滿常吃的壓縮餅乾，雖然量不算大，但也算能把人餵飽。

雖說我對電子遊戲沒什麼興趣，但對於電子產品，我也算沒有自控能力的，就連新聞資訊、學術資料常常都是一看小半天，用一個時髦的詞來講就是「維基百科死循環」了。

互聯網是一個別樣的舞台，待人大大咧咧、毫無遮攔的我可以藉此成為悶騷酸腐的文化人，而平日裡看來正派得有些拘謹的沈三知則展現出一副樂於展現自我、奔放豪邁的樣子。或許屏幕背後的才是老三的本色吧。

　　我以爲在虛擬空間，別人看不見哪他英俊的面龐，他便會遜色一籌。恰恰相反，憑藉高超的遊戲技巧與「養在深閨人未識」的美妙歌喉，沈三知在網上照樣混得風生水起——他的王者榮耀（塔防遊戲）戰績與全民 K 歌（K 歌網誌）訪問量便是明證。

　　老三整日守在手機屏幕後，有著「即使天上下槍，我自歸然不動」的超然定力，全然不顧門外世界發生的一切。這不僅得益於 2 班班長決定作業的「制度優勢」，也得益於沈家日益開明的政策——沈三知的父母從他的室友那裡瞭解到了「鬧鬼」的消息，自此之後便開始更加尊重這個大男孩，還做出了在學校附近租房陪讀的決定。

　　老三整日倒也不是無所事事，他流連於王者峽谷，等待著一位女俠的出現。

　　這位女俠花名 Angel，是老三在遊戲中配對到的一位本地玩家。一次「戰役」之後，她對老三富有磁性的嗓音大加讚賞，並常常與之邀約。或同一陣線，或二軍對壘，總之就是樂此不疲。

　　不管線上線下，老三對於女孩子的好意一向是來者不拒的。在他心裡，這位素未謀面的小姊姊的聲音似曾相識，似一塊磁石吸引著他。經過一番了解，他終於打探出了她的名字——盧琪，是 15 級 4 班的文科學姊。

　　老三心中一陣狂喜，腦子一熱，把她的 QQ、微信、全民 K 歌的聯繫方式全部加上。

　　「陪我到成都的街頭走一走，oh 嗚 oh，等到所有的燈都熄

滅了，也不停留……」

這首《成都》，將老三的魅力展現得淋漓盡致，Angel 特意花錢打賞了他。從此，錢塘君的全民 K 歌主頁只要一上載新歌，必有來自 Angel 的打賞。

天氣漸漸轉暖，南方的春天毫無徵兆地到了。沈三知看了，自己的春天已不遠了——或許在休假的最後幾天裡，他們發了瘋似的想要見面吧。

此時的老三也許已經忘了孟姝小姐吧。

（八）

當雨開始下起來的時候，天氣已經回暖了。無須多言，假期已然結束，我們返校的日子也就自然到了。

振翮樓後門正對著一棵石楠樹，到了春天便會開出花來，散發出一股濃重的氣味。這股氣味對一般的人而言到底只是奇異罷了，但對於有些人來說，便是一種懊惱，激起他們心中的躁動。

沈三知與盧琪終於見了面。數日的交際讓他們抑制不住「面基」的衝動，而真正見了面以後，二人更是彷彿找到了自己的款——盧琪稱讚沈三知高大英俊，沈三知也愛慕盧琪的嬌小可人。

雖是初春，但放在這幾年，褐溪已是熱得不行。白天二十幾度的高溫讓人不得不脫下多裝，連毛衣也不落下。人們大抵

已記不住剛剛過去的隆冬，似乎這 Hot Summer 已近在咫尺了。

Angel 學姊是出了名的 fashion 的，和老三有著同樣的「要風度不要溫度」的秉性，平日裡穿著熱褲，露出一雙雪白的腿，引來一片風光。而老三也著起靚衫與之搭對，儼然一對才子佳人，公然出沒於校園各處。

我如舊去居民樓裡的小館子吃飯，一如既往地撞見了沈三知與一位面目姣好的女子，定睛一看卻不是陳淇瀅。說來也難怪，我也大概知道沈三知在網上勾搭上了一位女網友，如今我眼前的這位必定是「所見即所得」的。

女同學換女朋友，鳥槍換炮真是不賴！我的心裡如是想。

見他們兩位正熱火朝天地穿梭在王者峽谷，我也不忍打擾，只是匆匆叫了一聲「占美」，便在一邊埋頭坐下幾口扒光了盤中餐食。

我坐著看了一會兒牆上掛著的老式彩電，眼睛卻移不開眼前的這對男女。倒也不是垂涎於這「新客」的美色，只是感覺這位女子似乎十分的熟悉。

老三的樣子一反常態，放肆地大聲叫著喊著，肆意釋放這遊戲帶給他的歡愉；而在指導身旁女子時，嘴角邊流出的又偏偏全是那些有點甜膩的柔情與風度。

我打算起身，耳邊卻響起一陣水晶炸裂的柔和的聲音。

那對男女歡呼著擁在了一起，我大概對發生的一切有了一個初步的印象。

女孩徐徐起身，向老三揮手道別。沈三知笑得一臉通紅，讓我不由得想起舊上海菸盒包裝上淺笑著的豐盈的東方美女形

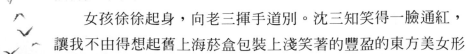

象。

待女孩走遠，老三把我拉到一旁，向我炫耀道：「這個三百塊的皮膚是盧琪給我買的」，他頓了頓，接著如同火山爆發一般地喊道，「我超開心！」

窗外的樹上驚起了一陣鳥，黑壓壓地向遠處飛過。我認得出那是烏鴉。

一切都正常得很。

（九）

夜闌臥聽風吹雨，鐵馬冰河入夢來。

17 年的春天是極不安分的，開學不到一個月，竟普降了幾場暴雨。振翩樓這種木製老樓自然是承受不住雷擊風險的，一到雷暴天氣便會斷電。風雨之中，我們常開「道長作法」的玩笑，供黑燈瞎火時消遣玩樂。

打牌之類的娛樂活動自然是不入我法眼的。不是嫌它低級趣味，事實上我的牌技並不差，畢竟褐溪老人們口中的人生四大樂事也莫過於「菸酒色，打撲克」，打牌之於褐溪佬無異於家常便飯；而是因為父親曾經因為賭博欠下價值市中心兩套房子的賭債，家裡人對於賭博一類的事情管制是極為嚴苛的。依據「逆流而上」的原則，我便退而求其次，以色解憂。

所謂色，並非俗人所想的那般淺薄。色並不止於交媾，對於血氣方剛的年輕人來說，色更近於與之有關的幻想和關於異

性的所謂「花邊新聞」一類的談資。我更喜歡後者。

在我眼裡，沈三知是一個女孩子們頂喜歡的美男子，他的故事大概是坊間盛傳的。於是乎我與在昌中時結識的老友刁嘯宇相約去探探老三的風頭，作為交換，我把我的一些所謂舊風流、聯同喜歡的類型之類的消息和盤托出作為交換。

趁亂溜到2班門口，想一探老三的虛實，卻發現這家夥竟然憑空給電腦與投影機續上了電源，放起了時下流行的電影。沈三知與陳淇瀅一如往日地平靜地站在一旁，把守著2班的大門，威嚴得很。

既然沈三知在「堅守陣地」，那麼我們似乎也沒什麼過度探索的必要了。我與刁嘯宇掃興的地走出了振翮樓的前門，打算吹吹冷風平復一下心情，卻瞥見一對男女立在樓外梅花椿旁激吻。這番景象如同一輪紅日，把外面的風雨直勾勾地打在案板上。

我和老刁雖然平日裏愛說幹話，但碰到這種場景自然是亂了分寸。眼不見為淨，我們兩個抱頭鼠竄，彷彿是我們做了什麼不得了的傷天害理的事。

說時遲那時快，那男子徑直回過頭來，朝我們怒喝一聲，毫不留情地問候著我們的祖宗十八代。

我並未在乎他到底說了些什麼。我看到他身旁的女生不是別人，正是沈三知身邊的 Angel 學姐。

「雪花飄飄，北風蕭蕭，天地間一片蒼茫。」看著這一幕，我的腦中五味雜陳得很，學姐見識過如此優秀的沈三知，為何會和這樣一位「低級色鬼」混在一起？

老刁也全然不顧那男人的謾罵，他關注的重點是那段曼妙的身姿，嘴角上揚得好似自己剛做了新郎。

至於老三，他在教室裡大概不知道發生的一切吧。

（十）

約莫是四月分，走狗屎運去鄰省潭州市參加了一個英語競賽——16 級保送班人才濟濟，竟只有我一個人通過初賽獲得複賽資格，這是我沒有想到的。於是乎我被編入了 15 級的隊伍，和他們一同吃住、集體行動。

至於比賽結果，自然是不用說的。作為一位「假高中生」，能進入複賽已是福星高照的結果，我很有自知之明地沒有去查分數。事後發現得了一個賽區二等獎，但藉此也是無法晉級決賽的。這次比賽我只是重在參與罷了。

雖說這次比賽之於我頂多是讓我見識了一下世面，但更重要的是與 15 級的學長學姊們連同他們的老師漸漸熟絡了起來。自此之後，我便獲得了午飯後進入對面 15 級 4 班觀看午間新聞的「特權」。

盧琪學姊正是這班的人。

作為一位尷尬癌晚期患者，隻身一人立在這班後排無異於身處龍潭虎穴。但事情圜沒有我想像中的那麼糟糕，恰恰相反，一切平靜得很。

平日裡，我與這班男生有些交際，也就自然而然地接觸到

了一些關於她的花邊新聞。據說她有大批的前男友，足以組成一個加強排，有著「加強排長」的美稱；至於老三，只不過是一個匆匆過客，用來暫時填補她與前男友分手到復合這段時間裡的虛無。在眾人的一致同意下，老三有了一個「綠燈俠」的雅號。

我大概是記得在雨夜陪同學姊的那位學長的樣貌的，但即便是在他面前招搖而過，他也對我不露慍色，不知是他不記得我的樣貌還是有意為之。

平常的一天中午，我照常站在後排愜意地看著新聞。忽然，桌椅之間閃過一個詭異的黑影——想必是老鼠蟑螂一類的東西。接著，不出意外便是一陣陣此起彼伏的尖叫。

呵！這就是文科班！

正當男生們開始拿起掃帚拖把準備為民除害、英雄救美之時，意外發生了——那位與我只有兩面之緣的學姊竟在「危急關頭」慌不擇路，往我這邊跑了過來。一個沒站穩，便撲到了我的懷裡。

時間彷彿凝固了一般。隔著兩件衣服便是一位活生生的麗人，我一個勁地默念著柳下惠坐懷不亂的典故，與平日里侃大山時所信奉的「朋友妻，唔走雞」的寶貴信條大相徑庭。

這兩秒像是足足過了兩年。學長畢竟是學長，除蟲效率之高讓作為後生的我感到望塵莫及。學姊似乎並不覺得自己有何失態，只是平常地從我身上脫開，動作嫻熟地很。

我看到她的手上竟捻著一把頭髮，再看看她的頭上，分明有一片短了一截，截面平整得有些出奇——手上的那抹，無庸

置疑便是接上的假髮了。

我故作鎮定地說了一句,「這就是條件反射」,引來眾人哄笑。

事後她把我拉到一旁,嬌嗔似地對我說:「看你的樣子,很慌張吧。」

被人看破的難堪實在無法抑制,我也只能笑笑,應和道:「妳不也是一樣?」

窗外一雙銳利的眼睛閃過。

我大概沒有嚇出一身冷汗。

(十一)

初春的雨季早已過去,溫度開始劇烈地爬升上去,但老三的心裡卻拔涼拔涼的。

和盧琪的事自然是不用說的,自己成了路人皆知的「接盤俠」,面子上自然是過不去的——轉念一想也不過如此,姑且勿論在遊戲中他們實力對比如何,在戀愛方面,盧琪和他自然不是在一個段位上。如此一來,一段失敗的感情經歷也自然而然可以被解釋為一次有益的嘗試了。

更讓人焦心的事在後頭。五月將近,在五月四號青年節那一天,根據鰲中傳統,是要舉行合唱活動的。但今年的情況又頗有不同,正在這個節骨眼上,李石溪校長即將調任為褐溪市教育局長,而來接手的下任校長鍾胥國也將作為校友代表,蒞

臨現場。從某種意義上來講，這次活動既是給李校長的歡送會，又是給鍾校長的迎新會。

沈三知作爲2班班長，自然要擔負起組織領導的重擔，這本是他與陳淇瀅的本職工作，負擔也不算太重。但偏偏造化弄人，由於在元旦晚會上表現突出，沈三知和陳淇瀅不巧地被「欽定」來做合唱主持人。如此一來，要麼2班群龍無首，要麼他們兩個忙得要死。

陳淇瀅作爲一個天生的樂天派，自然是不會怕的。但相較之下，老三簡直是爲此心亂如麻。

飯桌上，老三打開了手機，開始一個勁地摁了起來——這個習慣似乎已經刻入他的靈魂當中了。但他這次絕對不是爲了打遊戲消遣來的，他要找孟姝聊天談心。他似乎並不記得這餐飯的直接目的在於同陳淇瀅商討對策。

分手歸分手，老三與孟姝的聯繫是一直暢通著的。也不知是孟姝對自己主動提出分手懷有愧意，還是怕老三想不開，她對於他的訴苦一向是「見好就收」的。

我推門進了小飯館，吆喝著點了一盤小菜。

老三用犀利的眼神掃過我，彷彿要殺了我一般。

這眼神有些似曾相識，我在腦海中拼了命的去比對，卻也沒有找出個所以然。於是我便問到：「占美，出了什麼事嗎？」

他裝作咳嗽了兩聲，只是推病。

「那你好生休息。」我又問候道。

坐在一旁的陳淇瀅似乎有些坐不住了，趕忙起身把我拉到外面雨棚底下坐著，連飯菜都顧不上捎帶。

　　我有些不解風情，卻又不敢直接拒絕這位交際花的要求——畢竟是與自己一樣長年鎮守五考場的袍澤——只是不停地抱怨著午間這難忍的高溫，旁敲側擊地祈求著她能放我一條生路，讓我和沈三知一樣與風扇空調為伴。

　　奇怪歸奇怪，我以為她只是把我拉出來以便保守合唱活動的有關「機密事項」。但她並沒有回到廳內的桌子上去，反而是與我一同落座，坐在遮蔭與日光的那條並不明晰的界線上。這張白淨的臉讓我實在無法想像她對太陽有著像我一樣的執著的熱愛。

　　也不知是從哪兒聽來的消息，她居然開始與我聊起了八卦。

　　而八卦的內容也恰合我意，她說起沈三知有一個難捨難分的初戀女友名叫孟姝。一段聽來有些矯情的話語，卻不似出自陳淇瀅自己之口，反而字裡行間流露出沈三知與密友閒聊時的風範。當我提及「臨安」的時候，她先是一愣，既而拍著大腿狂笑起來，引得鄰座的人們向她投去異樣的表情。

　　待她心情平復下來之後，她誇耀我「懂得不少」，又大方地向我解釋道這是孟姝的花名。

　　如此看來，我的直覺是完全正確的。再看看碗裡十幾分鐘才扒了一兩口的飯菜，不禁加快了手中筷子的速度。

　　陳淇瀅面前空蕩蕩的，似乎那一通說辭早已讓她飽足了。

　　沈三知拎著她的碗筷冷冷地放在她的面前，繼而對我冷冷地說道：「別打盧琪的主意，她已經有男朋友了。」

　　我莞爾一笑，不禁笑出了豬叫。我向其轉述了那日與刁嘯

宇的所見所聞，言語之間帶著兩分嘲弄。

沈三知眉眼間的戾氣消減了兩分，但全然沒有退卻。只是轉過身去，與陳淇瀅慢慢地講述著天體物理學的精妙之處。

陳淇瀅一面如小迷妹一般介紹著：「沈三知的天體物理水平可是得到了美國夏威夷州太平洋大學羅伯特．伊藤教授的認可，已經達到了能夠公開發表論文的水平！」，一面向我使著眼色叫我從後門快速離開。

我也不願在這是非之地久留了，於是便向門的方向跑去，留下一張百元大鈔也不管找零這點小事了。

（十二）

天氣一熱，人的腦袋便難得清醒了。雖然太陽照射的時間越來越長，但日子似乎也就在這渾渾噩噩之間過得快了。

準備合唱也是個辛苦的事情。我雖然在4班一早被任命為文娛委員，但畢竟是閒職；加之早些日子不慎陷入聲名狼藉的境地，我的「大權」早已旁落——排練工作是由一位脾氣與人氣一樣火爆的女同學主持的，曲目是《藍蓮花》。

大家原本想讓我來領唱的。這可不是什麼肥缺，在鰲中，這種出頭鳥的位置總是要經歷一番波折與推託的，我自然也不例外。

於是我便像被打擊報復一般地被編在我們班那群「鬼才」當中——他們由朴滿帶頭，成績優異也不拘泥於規矩，擁有

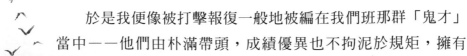

「風塵四少」「罰掃五天王」的美名——我在其中，自然是忝列門牆的。

刨去那被「公共利益」占據的自習課、班會課與音樂課，我們幾個上體育課、美術課、信息技術課的權利也被一併剝奪了，理由很簡單：唱得不好有損班級榮譽。不過這對我而言似乎沒什麼傷害——我早也篤定了選擇文科的打算，倒也拋卻了理科「刷題」的負擔——振翮樓後門外的空地上站著，在樹蔭裡唱唱歌，倒也提神醒腦。

「胡文標，出列！」那猩猩（黑話，舊時對女獄警的蔑稱）像模像樣對我施著軍事口令，「你來帶著他們唱！」

我踏出了一步，後面的那群卻開始狂笑了起來。

「任啓明、王未央，你們笑什麼？」猩猩亂了陣腳，開始暴躁起來，「還有你，卓華！蕭雲鵬！」「段武棣，不要起哄！」「朴叡，不要帶頭違反紀律！」

他們並未就此收手，反而笑得更歡樂。我在前面有些難堪，便也笑著，好像知道他們在笑什麼一樣。

就在此時，兩個身影款款走來。沈三知一身正裝，陳淇瀅一擺長裙，似要去參加晚宴一般地莊重；臉上卻都化著大躍進宣傳畫一般的濃妝，令人看了有些不適。

一時之間，朴滿如同找到了一根救命稻草，奮力地揮舞著手。焦躁的男人們變得肅穆了起來，彷彿一群殘兵敗將剛剛被從難民營中釋放出來，還得到了上級軍官的關懷。

他們的「抵抗」也是不無道理的，當沈三知與陳淇瀅向我們面前一步步挪近時，猩猩的口氣也鬆了許多。朴滿臉上露出

了釋懷的笑容，緊握住沈三知的手不肯分開；而陳淇澄卻拉著我，拿出手機要我給她和沈三知拍一張合影。

他們站在一起，貼住老樓的那堵紅牆。沈三知顯得有些拘謹，本想跨立著，卻又奈何不住天氣炎熱，把西服脫下扶在右臂上，與服務生無異。陳淇澄倒是端莊得很，一副宴會女主人的神情，臉上流露出中了頭彩一般的貴氣。這張照片似乎是有幾分可笑的，於是我便順勢喊道：「三，二，一，茄子！」閃光燈亮了。

這張相片的效果自然是不好的。我在暗處，他們在亮處，這本就是逆光拍攝；加之過度曝光，照出來的模樣可謂是人神共憤。

老三一面說著不行，陳淇澄卻說沒事。他們與我告別，我這才記起，今天是合唱活動的主持人彩排，正式活動就在明天了。

於是我歸隊開腔，以便完成任務草草收場。忽地下課鈴響了。

這貌似是我搞砸了這次排練，這本該是最後一次排練吧。眾人散去，卓華卻過來拍拍我的肩膀，彈冠相慶似地與我「慶賀」著「完全與領唱脫鉤的喜悅」。

我的面色卻有些猙獰，天知道猩猩到時會怎樣如她當時允諾的那樣將整件事情「搞定」。

（十三）

演出算是順利。猩猩把我們這群「破壞分子」通通塞進了舞台的最後一排，陰涼去處、領導看不見、沒有麥克風，這也總算消解了我心中的一絲憂慮。沈三知與陳淇瀅的合作也就更不用說了，輕車熟路、一氣呵成。

我還沒從「心中那自由的世界，多麼的清澈高遠」的歌詞裡緩過神來，節目就已在「好時代，來臨吧」的結束語中匆匆落幕了。

來去匆匆，從那一刻起，鍾胥國校長、連同他的幕僚便接管了整個鰲中校園。我一如既往地抄小路去居民樓裡吃飯，回來時卻見一群大腹便便的人站在那裡，烏壓壓的一片。

我趕忙縮了回去，餐館老闆告訴我，這是新來的校領導設的卡，叫我繞正路走回去。好在鰲中只是占據了一個小山包，這點路程於我而言是不難的；更何況我是有走讀證的，是經得起盤查的。

看著學校行政辦公樓——與振翮樓有著同樣悠久歷史的民主樓——再看看與之遙相呼應的遊目亭上那副「天朗氣清，惠風和暢」的對聯，我的心中有了幾分不安。

怪不得今天沒有碰到沈三知來吃飯！

好在今天是活動日，校領導高興，我們下午就能回家。

◆ ◆ ◆

回到家中，我打開手機，看到陳淇瀅在空間裡 po 了一張自己與沈三知的合照——並不是我拍的那張，而是攝影社的專業

作品——她如是說道「謝謝你，在我長髮日子裡的陪伴與支持」。接著，她又 po 了一張自己的短髮照片。

我只是默默地按了個「讚」，關上了手機。

（十四）

振翮樓後的石楠花開得更盛了。

李石溪校長前腳剛走，鍾胥國校長便做了不少屁事。先是要斷了居民樓餐飲業的財路，再是要停止一切社團活動，這都是為了他要推行所謂的「衡水模式」鋪路——這個鬼模式甚至乎荒謬到連男女生之間的距離都限制在 70 公分以外，對於我們這群繼承了鰲中百年學術思想自由之風的鰲中人而言，是絕對不可接受的——但教職工們似乎不敢說半個「不」字。

鍾校長在白竺縣中擔任校長時，推行的也是這套政策，成效卓著，所以才得以受到省教育廳重視，升任鰲中校長。似乎沒人在乎，甚至是沒人記得他在任時那個跳樓尖子生的後事究竟怎樣，學校老師只是默默祈禱著新校長的政策只是三分鐘熱度，到時候能對自己在居民樓的房屋出租網開一面。

不用說各大社團，就連學生會裡都是一片人心惶惶，一股散伙飯的味道撲鼻而來，瀰漫著整個校園。話雖如此，不管鍾胥國再怎麼大刀闊斧地「改」，有一樣東西作為褐溪的傳統，是不會輕易改變的——褐溪市教育局直屬的幾所中學裡，唯有昌中與鹿中是單一的初級中學，因而校舍陳舊，操場極為狹小；

基於此，市教育局每年都向省教育廳直屬的鰲山中學租借場地，用作體育中考考場。如此一來，對於我們保送班的學生來說，便又多了一個舊友重逢的機會。

不須多講，劉世琛自然是這「探親大軍」中雷打不定的一員。自那次被室友捉弄之後，劉世琛便三番兩次地因為情感問題被嘲笑。

「懦夫」「騷鬼」之類的稱呼倒在其次，更有甚者一路尾蹤他到昌中——這讓他惱怒地很，便再沒有去過那「風流故地」。

劉世琛此次前去，自然也是為了張靜，不想被人發現，便問人借了一身秋裝，加上帽子、墨鏡，卻不添了幾分福爾摩斯的氣度。我自願去做他的保鏢，在一旁跟著，實際上也就是為了與老朋友們談天說地找樂了。

鰲中的操場在一片和緩的山谷地帶，由北向南逐漸展寬，就遊覽方面而言，是不錯的呼嘯之處。

護送著老朋友到昌中駐地，我便頗不安分地走開了。劉世琛堂堂七尺男兒，竟撲在張靜身上痛哭流涕，輕聲訴說著自己的辛酸苦楚。這是我始料未及的。

我只是看看遠處操場上飛奔的昔日同學，不禁感嘆自己能夠把握住機會保送來到鰲中。要知道，我雖出身鄉野，但對於運動委實缺了一根筋；再加上鰲中一年的飲食調養，我好不容易抽條瘦下來的身軀，又有了向虎背熊腰變化的趨勢。若是叫我來參加體育中考，必是置我於死地。

留在昌中的朋友們似乎在初三這一年變得務實了不少，不願聽我那不著邊際的演說。我自討沒趣地走開了。

環顧四周，我也只好隨便閒逛走走。只見身旁衝過來一個生面孔——是位小身板的女子，卻差點把我撞倒——這想必是個頗不安分的女子，看樣子是鹿中人。

這女子回過頭來搪塞了兩句對不起，還約我有空喝酒。看清楚她那副面孔，也不覺得有多出眾，反倒是濃妝豔抹讓我有些噁心。

這讓我更加篤定了這位女子不大正經的身分，我像見了鬼一樣慌忙跑回昌中駐地，嘴巴裡「吭闕」（方言，一種驅鬼咒）的聲音便滔滔不絕起來。

那女子並沒有要停下來的意思，她似乎並不是要入場參加考試，反而開始「哥哥」「哥哥」地喊個不止。

我決定回頭一探究竟，卻遠遠地看著那女子雙手環抱著一位男子，踮起雙腳向一位白衣男子討喜。

再定睛一看，那男子與沈三知極為相似。可我又決覺得有幾分不妥，因為我記得，早上撞見沈三知時，他穿的明明是黑衫。

上課鈴抽打著我爬上那座十多米高的小坡回到振翮樓上課。順風疾馳，我已無暇回頭再看那對男女之後的所作所為了。

氣喘吁吁地回到教室落座，我已汗流浹背，儼然是一個廢人了。

山谷裡傳來陣陣依稀可辨的回音。

「沈三知——」「孟姝——」「沈三知——」「孟姝——」

朴滿拍案而起，毫無徵兆地鼓起掌來。霎那間，整個振翮

樓掌聲雷動，歡呼不止。

　　整個校園此時也正瀰漫在一年中最濃郁的石楠花的香氣裡。

　　「當臨安撞見了錢塘君，便也成了一派武陵春了吧。」我在草稿本上一字不落地如實寫下。

只是朋友

只是朋友，想你了要怎麼開口？——陳翔《只是朋友》

（一）

照鰲中的傳統，只要中考一過，高一便升了高二，高二便升了高三，與學生參加的是哪個年級的期末考試並無關係——保送班依例是不必貫徹這個傳統的，但畢竟「換了天子」；離中考約莫還有幾天的時候，我們被宣布將被併入應屆高二——這種事情自然是沒有先例的，於是我們遷入高二的日子便被寬限至期末考試結束。

不論是否遷入高二，有一件事情總是不變的，那便是文理分科了——無論何種學制，任何學生只要進入鰲中一年，必會經歷文理分科。這是我們鰲中「素質教育」的過人之處。放在褐溪全市，除鰲中之外的每一所高中都是在第一學年的下學期就不由分說地將文理草草分科——沒有哪所高中敢用一年的時間去充分發掘學生的學術潛能與傾向——即便是放在全省，也少有一個高中有這樣的魄力去做這樣一件事，畢竟升學率才是衡量教學質量的過硬指標。

　　我自然是毫無疑問選了文科的。分科前的最後一次期末考試中，我竟取得了120多的年級排名——這是從未有過的，要是不分文理，我能憑藉這個排名穩居第三考場。頗爲諷刺的是，這成績是我物理、化學、生物三科超常發揮得來的，但也並未動搖我學文科的打算——文理志願早已敲定，而所謂「造化神工」也並無力改變我「文盛理衰」的不爭事實。

　　看了看新高二的花名冊，我記住了一個番號——高二 15 班——這是我所在的班級，由韓道長擔任班主任，性別比例上是傳統的女多男少，看來應該是個文科班。

　　我一路返校，似乎一切都心想事成，要成就一番大事的樣子。學著韓道長醉酒後踢開振翮樓 105 的動作踹開了高二 15 班的大門，我大喊一聲：「I'm fucking back!」

　　眾人以奇異的目光望向我。我這才記起，這裡多是女生——很明顯，我失態了。而令我感到震驚的是，當年叱吒風雲的「天體物理小王子」沈三知、不可一世的「黑惡優等生」刁嘯宇、位列「風塵四少」的富家公子肥仔卓華也位列其次。當然也有平日里只聞其名、不見其人的大佬：比如說鹿中出身的朝鮮族大佬 Samuel 南天戈，柴管似的小身板與我想象中的有些差距；還有曾經代表實驗中學參加計算機競賽的編程大佬邱比，原來有著一副中東式的深邃面龐。這些人難道不該是理科生嗎？

　　沒等我氣息恢復平穩，韓道長便和善地催促我們起身去搬原保送3班的儲物櫃，理由很簡單——爲了班級的整體利益，爲了我們同學的整體利益，我們 15 班的男生必須捷足先登，將櫃

子從振翮樓轉移到雛鷹樓。

男生們面面相覷，高的望望矮的，瘦的望望胖的，身形剽悍的望望身形羸弱的，甚至還有人往女生那邊瞟了幾眼，似乎眞的以爲自己可以逃過似的。

我必須承認，當時的我也抱著類似的幻想。但不過片刻，我就已經緩過神來：在這男女比例嚴重失衡的文科班，多一條漢子便是多一雙手，分攤起重活便少了一份操勞。

「一，二，三，用力！」沈三知的聲音顫抖著。這已是三班搬出來的最後一組櫃子，經歷了下坡與猛烈爬升，這鐵皮傢伙發出了猙獰的笑聲，彷彿在嘲笑著我們這群烏合之眾。

我早已分不清頭上滾落到眼睛裡的是雨水還是汗水，只是強忍住疼痛奮力睜大雙眼——扛著這龐然大物，我們當中的任何一人都不能滑倒。

再看看刁嘯宇，他的綠衫前已被汗水浸得泛出墨色，緊緊的貼住他那健碩的軀體。我已很難辨清他胸前「Chemistry」的字樣，只是默默朝他點頭，希望他也能堅持下去。

卓華這個肥仔自然就不用說了。雖然長期打籃球，手臂孔武有力，但頭上也還是出了一層薄汗，嘴裡透著粗氣。

15 班有 54 名學生，而原三班卻只有 48 組櫃子。供不應求必然導致同學衝突。請示過韓道長之後，我們決定使用一些非常手段——搶奪擄掠。

至於去何處搶劫，我們 15 班的男生們對此產生了分歧。這分歧之中，充分展現了我班男生的紳士風度：我與卓華來自 4

班，便提議去 4 班劫掠——無奈 4 班舊部早有準備，將櫃子塞滿了書（當中也有我的一份），憑藉我們寥寥數人的力量是斷然不行的——於是這個計劃我們只得放棄。而老刁來自 3 班，作為韓公故地，那兒自然是早已被搬空的。至於沈三知，便隨著大流提議去 2 班劫掠，還拍著胸脯做了一番慷慨激昂的陳詞，似是立下了保證一般。

　　一番推辭之後，我們最終聽從了沈三知的意見，去到 2 班。卻看到滿地狼藉之上，一位短髮女子盤踞在儲物櫃上——這是陳淇瀅，她正以「身體力行」的方法守護著 2 班最後的尊嚴——這與沈三知「開門揖盜」的行為可謂是大相徑庭。

　　老三抬頭喊話，臉上有幾分肉眼可見的不屑：「陳淇瀅，妳那麼胖，坐在上面幹嘛？」

　　陳淇瀅不語，只是坐定著。

　　老三開始有些焦躁，竟伸手去搖那鐵皮傢伙，絲毫不顧那上面還坐著一活生生的人。

　　看著沈三知這般惱羞成怒的模樣，我們只得上前攔住，讓他平靜下來。

　　門外一陣扭打的聲音傳來。我一面緊緊抓住沈三知怕他亂來，一面瞟著門外動向。我看見來自 1 班的陳仕為竟與舊日同窗廝打在一起，瘦削的身體撞擊在磨光地面上，發出一聲巨響。我在心中拼命呼喊著，想去扶他一把卻又恨自己沒有多一雙手。

　　卓華也從外面趕來，揮舞著一截桌子腿，試圖驅散原 1 班門口那群圍毆陳仕為的「暴徒」。

坐在櫃子頂上的陳淇瀅喊了出來：「別打了！再打要出人命了！」

門外依舊是一副全武行的場面。

混亂並未持續多久，昔日的年級組長終於趕到了現場制止了這場鬧劇。他不疾不徐地向我們宣布年級組將會捐出一組櫃子用於協調保送年級的櫃子分配不均，並准許我們 15 班去原 1 班教室中取走一組櫃子。

那群人終於放過了陳仕爲，用凶神惡煞的眼神把我們掃視一番，慌忙跑開了。

老三奮力從「人盾」之中掙脫出來，重重拍了櫃子一掌，嘴邊滑出一個「幹」字。他推了一下我的右肩，終於吼出了一句「胡文標，收隊！去 1 班提貨！」

至此，我們這群「難兄難弟」已然是筋疲力竭了，便稀稀拉拉地向 1 班慢慢挪去。

「是個木傢伙，裡面全是空的。」大家不約而同地釋然地笑了起來。

（二）

高二 15 班雖是一個「陰盛陽衰」的文科班，但卻頗有「巾幗不讓鬚眉」的勇武之風，那次的搶奪事件便是明證。沈三知作爲「奪寶先鋒」，在當晚的班級會議上便被女生一致推舉爲班長。

　　刁嘯宇形貌昳麗，想也知道他被授予體育委員一職。與他共事的是另一位美男子，沈三知的同桌徐驍。

　　至於我，自然也在「論功行賞」的行列之中，這大概像是有安排的。只見一女生站起，指名道姓要胡文標擔任文娛委員——這大抵也是有人支持的——但我卻深知我德不配位，即便是這類閒職我也恐怕難以勝任，於是我便推辭了一番，最後憋出了一句「我不接受任何職務指派」。

　　老三朝我白了一眼，緩緩站起身來，「既然如此，我們便按胡文標同學的意思來，一人一票選出之後的職位。」

　　果不其然，我如願落了選，這也算是無事一身輕了。從此以後，這個班便形成了直接民主的「優良傳統」。

　　暑假補課的日子裡總是百無聊賴的，下課時我便常常站在長廊上極目遠眺，享受著雛鷹樓的開闊視野。這是一番不同於振翮樓的別樣景致。

　　補課這事終歸是要畏畏縮縮的，縱使是心狠手辣的鍾胥國校長也逃不過「軍紀廢弛」的「厄運」。要頂著灼熱的大太陽，通往居民樓的小路在中午自然是無人值守的。就這樣，居民樓裡的那些小飯館又是一派人聲鼎沸的熱鬧景象了。

　　朴滿約我吃飯，連同老4班那群狐朋狗友一個不落——似乎這麼大方的架勢還是頭一遭。於是我便欣然赴宴，畢竟免費的午餐不吃白不吃。

　　這餐飯吃得我有些不舒服。少了平日裡的嬉笑打鬧，空氣中一片蕭穆，似乎要把我悶死。

作爲桌上唯一的文科生，我似乎有些不大合群。他們只是笑著，相互嘮著家常，有時拍拍胸脯，與戰友聚會頗有幾分相似之處。在這種情況下，似乎也沒有我活躍氣氛的必要了。我只是一個勁地吃著白飯，彷彿桌上發生的一切都與我無關。

他們並不與我多言，只是一個勁地往朴滿碗裡夾菜。我也就「入鄉隨俗」般地照做。不一會兒，朴滿的碗裡便堆成了一座小山。

這肅穆的氣氛似乎又有些莊重。沒有了平時那些無窮無盡又有些無釐頭的出格調侃，我的臉上卻又難露出笑容——在余光裡，我隱約看見朴滿眼裡微微泛著淚光。

「回見！」他鯉魚打挺一般地站了起來。眾人居然靠上去圍抱著這個平日裡有些離經叛道的大男孩，齊刷刷地落下淚來。

我也靠了上去，一大桌子人成了一個同心圓。

杯盤碗筷之間，油鹽本濃重。如此一來，這桌菜嚐來清淡了許多，鹹味卻重了不少，一股難以言喻的滋味湧上了我的心頭。

他們究竟有什麼大事？又爲何要瞞著我？

數日之後，朴滿沒了蹤跡。那一餐也就順理成章地成了散伙飯。聽說他轉學去了省城的雄州科技大學附屬中學（雄科附中），同他一起消失的還有我們 15 班的勞動委員。

不久之後的班級會議坐實了這個消息。韓道長在講台上大發雷霆，一面痛批雄科附中無恥挖人，一面怒斥「失蹤人口」欺師滅祖，甚至連雄科大前身「雄州省江南科技學院」的簡稱

「江南技院」都被他嘲諷一番。如此一來，勞動委員的職位便開缺了。

　　韓道長似乎有意指派我填補空缺，便叫沈三知來詢問我的意見——我當然不傻，吃力不討好的事情我可不做——於是我故技重施，用上次的理由推託。

　　沈三知見狀，深知此事不能強求，於是便沒有太過爲難我。當夜，我初中時的老友 Edward 便履新勞動委員一職。

　　人算不如天算，不過數日，Edward 便遇到了麻煩——我班與 13 班爲清潔區的劃分踢起了皮球，對面直接祭出鹿中大佬 Eileen，盛氣凌人的姿態令她占了上風。

　　我自然不敢示弱，自覺機會來臨，希望一展 15 班的豪俠氣概。於是我便拉起一群人，乘著傍晚的空檔闖進 13 班，把他們勞動委員大罵一頓。看到對方傻了眼，我得意一笑，以爲立了一記大功，便大跨步走出門去，帶隊轉身，準備離去，卻看見 Eileen 竟站在身後，手上拿著一支掃把。

　　我不由得怒髮衝冠。正當我伸出右手，要指著這女人的鼻子給她點顏色瞧瞧時，意外發生了。老三竟站在她身後，一臉凶神惡煞，看樣子像是要殺人。

　　有了自己人助陣，我的那股戾氣更重了，好比一把火要把自己的理智全數燒掉。

　　而事情並非我想的那麼簡單。說時遲那時快，暗算也好，明算也罷，原本指望著沈三知能站在自己這邊，卻未曾想這傢伙竟劈頭蓋臉地徑直衝撞上來，將我的頭緊緊按住，似要把我的脖子擰下來一般。

　　我在這時已是慌張失措，自以爲身處夢境，可頭上臉上的疼痛分明的告訴我一切都是眞實發生著的。

　　再看身後，帶來的「勇士」們正可謂是「樹倒猢猻散」，四散走避猶如逃荒的難民，先前建立起的強大氣勢就此當然無存了。

　　老三拎著我的脖子走出了 13 班教室，來到了外面的走廊上。

　　我那略顯粗壯的身軀跟蹌著努力保持平衡，整個人彷彿一隻蠕動著的肥蛆。

　　我使出渾身解數掙脫了沈三知的束縛，揮舞著拳頭向他的腹部擊打過去。與我一同前來 Edward 卻將我一把撞倒在地，讓我的拳頭落了空。

　　Eileen 站在一旁冷笑著。她那般姿態讓我腦中浮現出幼時父親帶我觀看地下拳擊賽時，場子老闆的那副冷血模樣。

　　我本想振作精神，與沈三知這個「叛徒」打一場生死架，卻見 Edward 一個勁地向他們兩個賠禮道歉，嘴裡嘀咕著那些「和氣生財」的大道理。

　　氣氛終於平靜了下來。老三站定，緊盯著癱坐在地下的我，似乎還想分析一番我的「武德」是否還足夠充沛。

　　他慢慢走近，朝著天外長嘆一口氣。我的拳頭此時又硬了起來。

　　他似要擺譜，默默地說出了四個字，「反了你了」，便整理著衣領，佯裝瀟灑地走回班去。

　　我漸漸回過神來，夕陽落在了我的臉上。如那幅名畫《創世紀》中的圖景，Edward 將我拉了起來，半扶半抬著向班上走

去。

　　毫無疑問地，沈三知就此與我疏遠了不少。

（三）

　　與老三就這麼僵持了一個多月，雙方一句話也沒有多說。我很好奇，爲何老三到了文科班，也能靠著滿嘴的天體物理學混得風生水起——除去過人的人格魅力之外，恐怕再無他物能夠給出一個合理的解釋。

　　聽 Edward 說，老三整日誇誇其談之餘，總是不忘將我嘲諷一番，所謂「裝腔作勢」「跳梁小丑」一類的詞大抵就是用來形容我的——換位思考，我也頗能理解他此時的心情，「反日成仇」一詞大概就是這麼來的了。與 Eileen 等鹿中故舊笑了我還不夠，還在班上大搞「輿論宣傳」——班上與他志同道合的一群男女便也陪著他笑。

　　但更加詭異的是，在這件事情以後，昔日老友們似乎也漸漸將我疏遠了，就連老刁、卓華也不例外。

　　卓華是鹿中人，與老三親近也不是什麼怪事。我知道他是一個老好人，與我相識多年也待我不差。

　　老刁的行爲卻令我有些費解。他對老三總是笑臉相迎，常常與他走在一起，出雙入對的樣子讓人不禁想笑——實際上我是笑不出來的，當老三明裡暗裡針對我、嚼我舌根時，刁嘯宇這傢伙總是幫腔做勢，我絲毫不敢相信這傢伙竟是如此兩面三

刀的。

自 2017 年以來，鰲中便大興土木，體育館的建設更是將原本 9 月底舉辦的運動會推遲到了 10 月。

這樣的體育盛事，自然少不了一番準備，於是我們便開了個班會，順理成章地由刁嘯宇主持。

運動會自然少不了排兵佈陣，口號、入場詞一類的東西自然是要徵集的。眾人知道我寫得一手好的官樣文章，便也就請我出山——這種小事之於我當然不算什麼，只是有些人想要我「戴罪立功」的口氣令人委實有些難受——但我也算一個有集體榮譽感的人，也就不算草率地完成了任務，心想著自己總有翻身的一天。

令我沒有想到的是，這口號、入場詞的揀選竟也要經歷投票環節。鑑於我在「論功行賞」之時那副不屑的姿態，諸位同學也就識趣地為我的拙作投下了反對票——我堅信這與老三對我的負面宣傳絕無半點關係，因為我相信大眾的意志。

要說我撈到了什麼油水，其實也有。因為嗓門大，我又被選中帶隊練習操典、在接受校領導檢閱時喊口號，便收穫了一包潤喉糖，也算是不虧。

可到了運動會前的那天又出了幺蛾子。老三似乎對民選入場詞頗有微詞，於是又請了班上的幾位才女將幾封草稿「統籌兼顧」一番，名曰「尊重所有同學的勞動成果」。這與我大概沒什麼關係，反正唸稿的事情是由廣播站負責的。我只是隱約覺得這東拼西湊的稿子有幾分詭異。

更令人詭異的是，一向只說幹話、不近女色的刁嘯宇似乎

對一個叫王潤玉的女孩產生了興趣；更離譜的是，這位原3班的女孩似乎對刁嘯宇並不感冒，反而與沈三知像是舊交。

我不敢多想，只是一如既往地賣力「練兵」，希望能在運動會上幹出一股氣勢。

（四）

運動會如期舉行了，而一切卻與我所想的相差甚遠，似乎降了什麼神諭一般要與我過不去。

運動會開始前，臨時接到校團委通知，要我們高二15班在入場式上充當旗隊。這是韓道長應允的，團委書記是他先前的學生，這種小事在他看來是必然要照應的。聽到消息後的眾人開始歡呼雀躍起來，看來是從中找到了解脫，猶如以色列人看到先知摩西從紅海中分出一條道路。我也長舒了一口氣，為自己的嗓子幸免於難感到慶幸。

但事情往往沒有我想像中的那般理想。作為旗隊一員，我們必須放棄午休時間提前到場，頂著午後的大太陽彩排一遍。即便是在十月天氣漸漸轉涼的日子裡，這種考驗也是難頂的。

運動會之於學校，畢竟是件粉飾「素質教育」大事，鍾胥國校長自然不會草率對待。基於此，我們班還是象徵性地派出了幾個女生編入檢閱隊列，王潤玉就在其中。

對於學校的此番安排，我起初是有些擔心的——害怕我們班的列隊勢單力薄、群龍無首，無法給校領導留下好的印象。

後來發生的一切證明了我先前所想純屬多慮。我舉旗的位置正好在主席台的右前方，只見我們班的隊伍踏著正步走來，頗有幾分軍事演練的架勢。我朝她們敬了一個軍禮，她們也向我回禮，午後的驕陽打在她們身上，映著頭頂上的薄汗，空氣中盡是一股青春的氣息。

儀式匆匆結束了。方才回到駐地，還未坐定，便看見王潤玉四處走著，似是在尋覓著什麼東西。一打聽，原來她丟了一塊錶。

消息尚未傳開，便看見刁嘯宇拉扯著沈三知匆匆忙忙地離開了駐地。我不禁納悶：此時我班並無比賽項目，兩人這麼一走，究竟是為了什麼？

這時只聽見老刁一聲吆喝：「胡文標，帶幾個男生去買幾件礦泉水，回來到生活委員那裡報賬！」

另外，老三也跟著摻和道：「你再去把班上那箱紅牛扛下來，順便帶把遮陽傘下來。」

此次「負重」，卻少了這兩個「壯勞力」。我一路上罵罵咧咧，直道他們兩個只曉得做「甩手掌櫃」，掌了權柄就不問蒼生疾苦了。

再看那邊，又怎的不是一副揮汗如雨的場面？不出我所料，他們兩個火急火燎地就是去尋錶的。可偌大一個操場，找一塊錶又談何容易？

當我們把整件整件的水搬回駐地時，一同前去的眾人都已大汗淋灕，再無力為了「派資論輩」「尊老愛幼」的規矩推託了。看到此情此景，我自然是於心不忍，於是便獨攬下了回班

取紅牛的任務。一時之間,「感念標哥好生之德」的聲音翻湧滾動起來,讓我只是覺得可笑。

回教室拿東西自然要比大太陽底下扛東西要容易太多,畢竟可以坐下來,在陰處休息一番。於是乎,雖是「單槍匹馬」下力,可我依舊是氣定神閒的,一路小跑著回到駐地。

路上碰到沈三知,他俯身於花叢之中,手裡既無相機,又無放大鏡,似是要進行些什麼「科學探索」,實則一副滑稽模樣。見我走來,他又起身,擺出一副領導架子,似是要訓斥我這「勝似開庭信步」的消極怠工的樣子;一開口,卻只有兩個字「傘呢?」,語調上揚得很快,頗有直搗黃龍之勢,彷彿我欠了他五百萬一般。

我也不想與他再起什麼衝突,比賽在即,搬運物資屬於公務範疇。於是我便也就應著,一個勁地朝操場走去。

走出不到十米,老三竟一個箭步衝到我的身後,拍了拍我的肩。我不由得嚇得跟蹌了一下。只聽見他低聲耳語,「就把傘放到王潤玉那裡」,言罷便轉身離去。

路上,我不禁搖了搖頭,輕嘆了一句「kitsch」(德語,媚俗)。

見我緩緩走來,先前癱作一潭爛泥的眾人又提起精神來,似乎要為我這「競走運動員」奏一曲凱歌。

我終於到了,時間不算太趕,也並沒有誤事。令我感到欣慰的是,他們只是笑笑,並未用「力拔山兮氣蓋世」之類的話語來挖苦我——這著實有些出乎我的意料。

我只能怨自己粗心大意,最後換來勞碌奔波,於是又跑回

教室取傘，打算跑完這最後一趟從此「公私分明」。班上的傘架很大我實在不知道沈三知的遮陽傘放在何處，於是便順手抄起了一把自己的雨傘準備敷衍了事。

回到駐地，一片「人去樓空」的景象。聽著廣播，我才知道，原來是有本班的短跑項目。原來是我錯過了大事，大家應該都去為同學加油了。

可到了賽道旁，卻又是另一番景象。四處打聽了許久，才找到了賽道旁與友人在一起聊天的王潤玉，我狼狽地把傘交給了她。她的眼中分明有幾分不解，但又見好就收了。

我問她我們班上的人都哪兒去了，她江湖術士一般地亂指了一通，好像是在敷衍我——我試圖將這動作解讀一番，正所謂出家人「六根清淨，四大皆空」，莫非她想勸我遁入空門——定睛一看，卻發現她並沒有騙我。這純粹是我的視力問題，我們班的同學確實遍地都是。刨去運動員和學生會成員，賽道兩邊三三兩兩地排布了一些，終點線處零零星星站了幾個，這應該是來加油助威的。而令人頗為不解的是，此時空置地鉛球場、沒有我班比賽的沙坑前卻是一片人頭攢動，期間不乏我班成員。

沒等我緩過神來，發令槍一響，選手們便利劍出鞘一般向終點飛奔過去。一陣「加油」的聲浪進入了我的耳朵，卻只聽見 11 班、13 班、19 班的整齊劃一，唯獨少了我們「武德充沛」的 15 班。

其實也並非全然沒有，只聽見幾個女生聲嘶力竭地叫喊著15 班的名號，卻並不統一，也毫無氣勢。

賽道上一片塵土飛揚，我在風中凌亂。

兩天半的賽程已過去了半天。飯罷，我癱坐在位子上——雖然未參加比賽，但我也累得不行，原因自然是不言自明的——我開了一罐班上的紅牛，當作普通的飲料一飲而盡。

老刁瞥見，笑著說了一句「喫嚟有補」（方言，吃了有補），笑容如平常一樣，沒有半點惡意——大概是他做了些什麼不得了的大事吧。

王潤玉那邊，沈三知把一塊錶鄭重其事地遞給了她——一塊普通的石英錶，白色皮帶有些開裂脫皮。王潤玉對他輕聲道了一句「謝謝」，把我的傘慢慢遞給了他。

我尋思著，這樣一塊錶究竟有什麼魔力，值得兩個大男人去尋找一整個下午。

我看了看刁嘯宇，想從他那兒打聽出些什麼，卻見他的神情有幾分詭異。

韓道長此時守在班級後門那裡，示意刁嘯宇出去。

晚自習時，老刁臉上的神情並未好轉，似乎更加詭異了——好像他犯了什麼天理難容的錯誤似的。

他走上了講台，慢慢地打開了嘴巴，嗓音有些低沈：「同學們，今天的短跑項目，我們表現得還不錯，有一男一女兩位選手晉級決賽，最後拿了一個第一名，拿了一個第四名。」

他頓了頓，講話的速度更慢了：「但是，聽韓老師說，好像比賽的時候，我們班的隊伍稀稀拉拉的，啦啦隊做得不夠

好。」

此時的台下議論紛紛，嚴肅的氣氛被打破，空氣裡卻是一片壓抑的情緒，讓我有些喘不過氣來。

他講話的速度又慢了半拍：「跑完也沒有人祝賀，沒有人去給選手遞杯水，陪他們去走一走。」他的語氣開始變得像一個老頭子一樣。最終，他還是憋出了一句「我求求你們，請你們拿出一點集體榮譽感來」，委婉克制得很。

台下徹底失控，一位女生直接站起，指著他的鼻子痛罵道：「刁嘯宇，你真是站著說話不腰疼。當時你到哪裡去了？」接著不知是誰帶的頭，掌聲雷動。

老三給他使了個眼色，這眼色分明是要殺人的。

刁嘯宇的臉色越發難看了。

沈三知上了台，和顏悅色地給大家陪不是，拖拽著刁嘯宇出了班門。嘈雜中，我聽見了一些不堪入耳的骯髒詞彙。

他們聊了很久，一直聊到了十點晚自習下課的時候。

臨走了，老刁把傘遞給我，竟倚在我的肩上哭了起來。我只是安慰著這位老友，似乎什麼都沒有發生過。

此時，秋風也就應景地吹起來了。

（五）

運動會就這麼結束了，不痛不癢，毫無懸念——與應屆生拼體能，我們自然是沒有競爭優勢的——一個體育道德風尚

獎、一個優秀組織獎，對我們而言，也算是大豐收了。

天知道發生了些什麼，自那天晚上以後，刁嘯宇似乎頹廢了不少。天知道沈三知對他說了些什麼！雖然刁嘯宇仍舊「老三」「老三」地稱呼沈三知，表面看來他們也算玩得熱絡，但背地裡他們似乎有了些嫌隙——刁嘯宇說沈三知兩面三刀、背信棄義，沈三知怨刁嘯宇不知變通、蠻橫無理。至於老刁背後叫老三「大表哥」，就讓我有些摸不著頭腦了——老刁是褐溪楓林縣人，老三是東北松花江市人，照理來說是很難沾親帶故的。

運動會剛過完沒多久，便來了個作文比賽。遇上這種事情，必然會有老師同學來做我的思想工作，來讓我來「施展才華」爭個名次——在他們眼裡，我的這枝筆下似乎還真能生出什麼花來——我自然是沒有反對的，從小到大，這種事情我早已應承慣了，多些幾個字也不會讓我損失些什麼。

工期拉得夠長，只要在翌年一月底前交稿即可。於是我的任務就此擱置了下來，便也好漸漸忘了這些「名利場」上的事情。

即使擱置，我卻也著實忘不了這事，因為它似乎又要勾起一段帶著狗血劇情的花邊新聞。一連幾天，沈三知都有意無意地去靠近王潤玉，說是在寫作上給予她指導。他最近特別高興，彷彿發掘到了自己除天體物理學之外的高超潛能，菸盒一般的笑容又重新浮現在了他的臉上。

我對此確實沒有什麼疑義，沈三知在振翮樓時曾多次蟬聯語文年級第一，這是不爭的事實。

但事情往往不只眼見的那般簡單。當沈三知開始把手機借

給王潤玉「查閱資料」時，王潤玉看沈三知的眼神也開始有了些改變，宛如思春的少女那般明亮了。

就在這眾目睽睽之下，不知何時，他們傳起了紙條。起初是在晚自習，進而白天上課時也這麼放肆了。他們傳紙條自然是有明確目的的，那便是「寫作交流」，沿途的「快遞員們」也就此熟視無睹，倒也沒有什麼流言蜚語。

一日，Edward 一臉神祕地找到我，仿照著沈三知的樣式遞給我一張字條。他的這手字我當然是認得出的，這張字條自然也不是從他們那兒截胡下來的。只見上面寫著幾個並不工整但卻十分打眼的大字——「千里佳緣一線牽，今天牽完明天牽」——我當然知道這是什麼意思。於是無奈地搖了搖頭，瞟了Edward 一眼，接著二人便心照不宣地開始仰天大笑起來。

✦ ✦ ✦

這樣的日子持續了一段時間。

10 月 31 日，是萬聖節前夜。對於一向對西洋節日不大感冒的我而言，這與任何一個普通的日子無異。

俗話說「沾了別人的手軟，吃了別人的嘴軟」，同學之間在這個日子互相交換糖果，甜頭自然也就不可避免地降臨到了我的頭上。比起胡裡花哨，我更不願丟了面子，於是我也備了幾包糖果應付回禮。有了「底料」的加持，我便也能順理成章地參與其中了。

我自以為是地站在桌前吆喝著將糖果散出去，幻想著能夠呈現出只有在電影裡才能一見的災年寺廟施捨齋飯的場景。

同學們似乎對吃的也是來者不拒，便也派出幾位「勇士」

來我這兒探探。我感覺一時之間衝上雲霄，虛榮心彷彿突然得到了滿足。

誰料半路殺出個程咬金，沈三知以百米衝刺的速度朝著某個方向飛奔而去，驚訝眾人。

我隨著他們的目光望去，只見王潤玉的座位上空空如也，桌上卻多了一大盒巧克力（朱古力）。

聽人說，這巧克力是上了檔次的進口貨，那麼大一盒少說也要幾百塊錢。

沒好氣地冷笑一聲過後，我便擺出一派先知一般的容貌，像是早已看透一切，只是心照不宣罷了。

恐怕這事後諸葛亮真是誰都能當的。

（六）

那晚的結局自然是圓滿的。自此以後，沈三知便也不再與王潤玉遮遮掩掩了，到了晚上便相約杵在教室外的牆邊，引來眾人羨慕。他們並不為此感到尷尬，相反，他們對此感到自豪得很，大方地向眾人實踐著「才子佳人」的青春故事。大家對這一對自然也是關懷備至的，達成了共識似的為他們的幽會提供著便利。

過不了多久，便有老師看出了端倪。彼時正在鍾胥國校長「嚴打」的風頭上，肅整男女關係成了常規管理的重中之重，如此張揚一對，自是年級組不肯輕易放過的。

　　這個重任便落在了年級副組長黎興安的頭上。黎興安是位
體育老師，碩士一畢業就來到鰲中帶我們這屆保送班，與我們
自然是相熟的。至於一位新來的老師為何能在短短一年的時間
裡升任年級組副組長，其中的原因不難理解——他的父親正是
鰲中的副校長黎培桂同志。

　　黎興安自然明白沈三知絕非等閒之輩，自然不敢輕舉妄
動。某個課間，見沈三知與王潤玉在一起並排走著，黎興安就
覺得抓住了機會，打算就此事來個了結，於是當沈三知走過
時，他伸出腳來絆了一下。可出乎意料的是，沈三知非但沒有
轉過身來尋仇似的破口大罵，反而繼續走著，只是加快了步
伐。

　　黎興安好不容易把焦躁的心情平復下來，用低沉的聲音喊
道：「你們兩個去幹什麼？」

　　王潤玉慌了神，她感覺自己的身體已經在這穿腦的魔咒下
變得不聽使喚了。

　　反觀沈三知，一副泰然自若的樣子，只是輕輕地回答道：
「韓老師叫我們去一趟他那裡搬點資料。」

　　這路線看起來也是沒什麼問題的。黎興安的臉上憋出了一
個違和的笑臉，示意他們離去。

　　王潤玉愣了一秒，似乎還停留在剛才的恐懼當中。不待黎
興安轉身，沈三知溫柔地拍了拍這女子的香肩，卻以領導訓話
地口氣說道：「小王同志，再不出發可就要耽誤事了！」

　　兩個影子就這麼晃蕩著進了教室。

　　這件事情很快便傳開了，成了我們茶餘飯後的一點點談

資。類似的事情還有很多，送首飾啦、送禮物啦，一時之間沈三知成了女生們心中的模範男友，就連我都不由得佩服他的「交際能力」。

俗話說「狡兔三窟」，經歷了這麼一樁大失誤之後，他們兩個也必須將見面的地點重新審視一番。漸漸地，夜中的操場也聽見了他們的腳步，午後的居民樓也瞥見了他們的倩影。

繼 Edward 拋出「不願做他一條狗」的言論之後，刁嘯宇也常在我耳邊吹吹風，嚼幾句沈三知的舌根——好像「辱三」已然成爲我這兒的一種政治正確似的——類似的話語讓我感到有些不快，在我心裡，總是覺得這樣下去是要把我推到風口浪尖上去的。

一日，我吃完飯回到教室，見一群女生圍坐著討論些什麼，看上去是什麼不得了的大事。

明星八卦？我們班哪來那麼多的追星族？好奇心驅使著我去仔細探究其中的奧祕所在。一打聽，原來是沈三知送了王潤玉一台手機，聽說是十核處理器的牌子貨，價值不菲。

這種見怪不怪的事情，恐怕也不值得如此大肆宣傳一番吧。於是我也沒太把它當作一回事。

回家的日子來得很快。約莫是一次考試以後，我們回了家——沒有作業佈置下來，鰲中一貫以來的改卷速度也消解了成績給我們帶來的心理負擔——就這樣，我心安理得地端起了手機，打算上網消遣一番。

新聞之類的消息在學校也不算閉塞，我打開 QQ，試圖捕捉一點發生在身邊的奇聞逸事。

正當我在不著邊際地捕風捉影時，老三那邊卻是一副別樣的「春意盎然」的景象。

老三低頭玩著遊戲，忽然，耳邊傳來一陣「特別關心」的響鈴。他遲疑了一秒，原本打算用來調低音量的那根手指卻不自主地點進了消息去——不必多言，光是「王潤玉」這三個字就足以吸引他的眼球了。

「這姑娘給我發了些什麼？」老三似乎有些懊惱。

王潤玉發給他的是個全民 K 歌的連結，清唱，所以看不出歌名。

他好奇地點了進去，只聽見這麼兩句，「黑夜裡，落了空的手」。

✦ ✦ ✦

這首歌叫做《只是朋友》。隨著歌詞的演進，老三的眼眶漸漸濕潤了起來。這淚水卻又頑強得很，只是在他的視線裡兜兜轉轉，卻總不落下——相反，老三的嘴角卻微微上揚，露出了放肆的笑臉。

當聽到「只是朋友，想你了要怎麼開口」這一句時，老三再也忍不住了，他知道，如果現在不做些什麼，今晚必是一個不眠之夜了。他把笑與淚通通收拾了一頓，強忍了回去，接著在屏幕上緩緩打出了「媽呀」兩個大字。

「爲什麼這麼驚訝呀？」王潤玉回覆道，分毫不差。

「我……我今天晚上可能是要失眠了。」

「啊」「那你先緩緩」

見對面女生發了話，老三也就這麼紳士地回了兩句。

「算了」「明天早上再說」

渾身癱軟的老三再也無心回到遊戲當中去了，他便將自己拋出，重重地摔在了床上。

就這樣，沈三知整個晚上都未睡覺，也算是守信了。第二天一早，他又按捺不住內心的想法，給王潤玉發了一句「你心情怎麼樣？」

「好呀！」

王潤玉的樣子像是很爽快。沈三知大喜過望，便趁勝追擊。「從那次想給你買糖，我就發現我好像喜歡上了你」

「我也喜歡你呀」

短短六個字，就已攻破了老三的心牆，只見他的指尖屏幕上律動，稍不留神便寫下了一串「真的嗎？！！！」

「真的呀！」王潤玉回答道。

內心的想法湧上心頭，老三話鋒一轉，說出了這麼一番話：

「喜歡一個人真的很難」「所以我想表白」

他的心裡似乎還存在著一絲疑慮，但他已經顧不了這麼多了。他現在只想立刻擁有她。

「我本來以為你喜歡 hzm」

何志民？那個3班來的、數學頂好的男生？那個從前常與王潤玉玩在一起的男生？

屏幕那頭的王潤玉此時可能有些難受，但卻善解人意地照顧著老三的心情，她回覆得有些倉促。

「我不喜歡了，，，我是傻」

沒等她補全這個殘句，老三的一腔熱血就已傾瀉而下。

「那麼」「我可以做你的小男朋友嗎？」

「我可以做你的小女朋友！」

看到如此篤定的回答，沈三知的心臟已跳個不停。留存了一個晚上的熱淚終於流了下來，匯聚成了一卷珠簾，倒掛著，又激烈地搖晃著。

「天哪，我激動得想哭」「太激動了」

此時，睡眼惺忪的我被一通電話驚醒。是 Edward，他叫我趕緊打開 QQ，看看沈三知的空間。

於是乎，三張截圖就這麼映入了我的眼中，叫我立即提振起精神來。

只見「錢塘君」已然成為「唐毅清」，一言不發地對他的女孩宣示著主權，圖片下面是數不勝數的「讚」。

(七)

返校那日，刁嘯宇神祕兮兮地找到我，問我沈三知與王潤玉常去的居民樓裡那家小飯館在什麼地方，扭扭捏捏地想讓我帶著他去一趟。

這種小事對我而言自然是不足掛齒的，我是那家店的熟客，於是便將此事答應了下來。一個中午，我便帶著他來到了那兒。

　　只見沈三知與王潤玉坐在店外談笑風生，盡顯親民姿態。反觀我們二位，卻端坐在大堂一側的小桌上緊盯著，像是港片裡盯梢的便衣阿 Sir，又與觀察地形的亡命之徒有幾分相似。

　　他們聊得火熱，我自然是不願去打擾的，俗語有云「非禮勿視」，雖是陪好友一同前來，但我也不敢多言。

　　坐在一旁的老刁卻頗不淡定，雙眼直勾勾地看著，臉上直冒汗，彷彿未諳世事的少年頭一回看來三級片一般地激動；而他的眼中卻閃著詭異的光，似是怒火中燒、想要殺人的樣子。

　　這勢頭似乎有些不妙，於是我去要了兩杯茶水，給老刁壓壓驚。老刁自然也擺出一副不願失態的誠懇樣子，呷了幾口，長吸一口氣，佯裝著鎮定了下來。

　　看來那邊的老三絲毫沒有意識到不遠處竟有兩個彪形大漢圍觀著他們，自己的甜蜜暴露在世人面前一覽無餘。他站起身來，走到佳人身旁，又緩緩蹲下，輕輕依靠在她的腿上。時不時地嘴中呢喃，有時又有幾句耳語，好不快活。

　　我深知這麼下去必然要惹是非，正打算起身離開，卻發現老刁先行一步，邁著大步向老三那邊走去。我本想拉住，卻被一股強大的氣場給震懾住——這與老刁在平日裡的那般痞氣截然不同。

　　於是我大喊著他的名字。「刁嘯宇！」

　　他並不為所動，而是像日本黑幫片中的大佬一樣繼續堅定地走著，按土話來說，便是「十里不返面」（走十里路都不回頭，形容態度堅決）。

　　看來這傢伙必有什麼大動作，我的手已牽起了桌布，準備

著在必要的時候大幹一場。說時遲那時快，只見老三竹子發芽似的猛地挺起，望向那壯漢，而拳頭卻沒有握緊，只是攤了開來。那男子鎮定得很，全然不顧這「飛來橫禍」。

接下來的一幕差點讓我驚掉了下巴。二人和氣地伸出了右手，緊緊握住，搖動的幅度大得讓人不由自主地想到政客會面時的虛偽作態；互相稱過「老表」，二人又相互擁抱了一番，只差沒有再度演繹當年留下一段佳話的「兄弟之吻」。不用說，坐在沈三知身旁的王潤玉自然也是目瞪口呆，一個勁地輕輕拍打著沈三知的後背——沈三知如同背後倚著斷背山一樣地直直矗立著，毫不領會佳人的一舉一動。

良久，那兩位男子才終於放過對方，慢慢鬆開了雙臂。沈三知招呼著王潤玉坐到我這桌來，彷彿知道我們在此已埋伏許久，一時之間氣氛變得很是尷尬。那女子一落座，便與我 say Hello，看得出來，她此時眼前仍是一片茫然的。我下意識地說了一句「嫂子好」，卻見她臉一紅，從包中拿出那台手機，戴上耳機聽起歌來，動作之快可謂是一氣呵成。

我與王潤玉倒像是很有默契一樣，用雙眼望向那桌男人，好像我們兩的才是真正的電燈泡一樣。那兩人飯局上的模式頗為老套，喝酒、划拳、講幹話，熟稔得很。我甚至開始擔心，今天中午是不是要把兩個醉鬼扛回教室。

我自然看不到酒過三巡的場面。二人似乎十分克制，只消費了一瓶啤酒便匆匆作罷。他們也不約而同地望著我們，八目相對的樣子極為恐怖。

「我們說點事情，你們轉過頭去。」老三說道。

「這是我們的班級機密，你們不要聽的爲好。」老刁也應聲附和道，一股「公事公辦」的口氣便傾巢而出了。

我們識趣地背過面去，低頭做著自己的事情。嘈雜聲中，我聽見拍大腿的聲音、拍胸脯的聲音、碗筷敲擊的聲音、端茶倒水的聲音……角、徵、宮、商、羽，五音俱全。若不是被要求噤聲，估計我早已鼓起掌來。

終於，兩聲長嘆以後，我隱約聽見刁嘯宇的一句「記得照顧好王潤玉」，接著是沈三知的幾聲「好的好的」。

老刁敲了敲桌子，示意談話已經結束，叫我同他離去。

老三隨後站了起來，撂下了一句「這兩桌的錢記在我的帳上」，接著挽起了王潤玉的手，向校門的方向瀟灑走去。

回到班上時，午自習早已開始。刁嘯宇輕快地坐定，一臉釋然的樣子。我細心地發現女學霸陳湘的桌子上放著何志民的茶杯，之後便緩緩入眠了。

醒來時，我聽見人們談論著沈三知與王潤玉的事情。

「他們在校門口散步。」「好甜！小情侶！」

（八）

就這樣，在萬眾矚目之下，老三儼然已經走上了幸福的快車道，其中當然也有不少好事之徒稱王潤玉爲「First Lady」。對於如此「官僚主義」的一個稱呼，他們兩個並沒有表現出太多

的不適，只是一如既往地對大家秀著恩愛。即便是在課上眉目傳情，也會引來眾人微笑默嘆。

與此同時，我們班上的另一對也走上了正軌。女學霸陳湘和數學王子何志民憑藉著得天獨厚的地理優勢走在了一起——前後桌的他們共用一個杯子，中午擁在一起睡覺，在無人的午飯晚飯時間常常留在教室裡接吻，毫不避諱——更加光怪陸離的是，在這麼一番折騰之後，他們兩個的成績居然還提升得很快。於是乎這對神仙眷侶自然引來眾人羨慕，他們之間的關係更是被人雅稱爲「學習互助」。

看到這裡，刁嘯宇的心裡變得空落落的，總是抱怨這種好事爲何不降臨到他的頭上。這些天，他找到沈三知請教「戀愛技巧」。憑我對沈三知的了解，這種事情他大抵是不會太上心幫忙的，但出乎意料的是，他對刁嘯宇的請求竟毫不遲疑地謙恭接受，想必是有萬全準備。

一日中午，刁嘯宇一反常態，早早地趴在桌上睡下。他的同桌海珊——那個爲人稱道的江南美女、鰲中廣播站的一朵金花——在廣播站開著短會。照老刁的脾性，怕是眞的因爲沒有「一飽眼福」才這麼做的吧。

不久，整個教室便籠罩在了一片震耳欲聾的轟鳴聲中，許多人從睡夢中驚醒，一雙雙眼睛齊刷刷地望向了那頭巨獸。我不禁感嘆，究竟是遭受了現實怎樣的蹂躪，才能激發出這遊走於人性邊緣的震耳欲聾的呼嚕聲。

忽的，海珊輕輕地推門而入。眾人屛息凝視，以爲抓住了一根救命稻草。只見她走到老刁面前，將那頭沉睡中的巨獸慢

慢搖醒——那傢伙似乎變得溫馴了許多——老刁終於算是醒了，張開了惺忪的睡眼，卻又來了一個鯉魚打挺，恭恭敬敬地讓那位小姐進去，似是例行公事一般。

眾人長吁一口氣，抬頭看看教室前面的掛鐘，都伏下了身子，擺出一副要與睡眠爭分奪秒的情態。

教室裡重現了久違的靜謐。

但我此時已無心睡眠。只見刁嘯宇拿出一本卷子，手上卻不見動彈。他幾時養成了「看題」的習慣？

只是無聊，所以我繼續觀察著。他的眼睛在書頁上慢慢地橫掃過去，手指也就這麼劃著、翻著、挑弄著這書頁。

這必是一道好題！我突發奇想，要借來這卷子拜讀一番，好提升一下自己的知識水平。可就在這時，他把那雙巧手伸向了他的同桌，在她的手上跳起了一支拉丁舞，接著又像觸了電一樣猛地縮回。

我的眼睛早已被這種「香豔」的場面引入了一種混沌之境，平日裡常記心間的「禮義廉恥」「非禮勿視」早已拋諸九霄雲外。至於下巴，自然也不知掉到了何種深度，似乎已經觸到了第十八層地獄。卻看刁嘯宇，竟是一副泰然自若，只是面色紅潤了不少，滿意地闔上了書頁。

不知是誰走漏了風聲，不到一節課的時間裡，這事便已鬧得滿城風雨。據說，海珊竟為此跑到沈三知面前哭訴，那場景在眾人的描述中自然也是聲淚俱下的。

那日下午還有一節體育課。解散後，我又看到沈三知把刁嘯宇叫走的「經典場面」。

二人在操場上漫無目的地晃蕩著，一副領導視察的派頭。至於話題，想要知道便是中午的那點破事。談罷，老三拍了拍刁的肩膀，大聲說道：「嘯宇，你今天出息啦！哈哈哈哈！」

我以人格擔保，在本書出版之前，這段話再沒有第三個人聽到。因爲沈三知帶著隔音罩，整個山谷裡爲此迴盪的都是一片放肆而爽朗的大笑。

✦ ✦ ✦

我們虛無的靈魂很快把整個下午的課程揮霍得一乾二淨。

日落時分，沈三知腹中一陣絞痛。不知是沾染了什麼妖風邪氣，他那原本健康的身體竟變成一副行屍走肉的慘白模樣，眞可謂是「三分像人，七分像鬼」。他被人扶著進了辦公室，出來以後又踉踉蹌蹌地走下山去，拖著步子走出了校門。

晚自習上，王潤玉早已無心學習，一人趴在桌上，哭成了淚人兒——她明明只給沈三知打了一通電話。周圍的人都在勸著她，但她也只是一言不發。

那刁嘯宇自然也是著了魔一般，眼中失去了亮麗的光澤，活像那案班上待宰的死魚。他的手裡翻著一本殘損的古籍，嘴中默默念叨著「因果報應」一類的詞語。聽人說，那是一本明清小說，書名大抵已隨封面失佚了，只知作者名叫李漁。

繼我胡文標成爲「暴力狂」「粗口男」之後，刁嘯宇同學也自然就要被加上「色情狂」的「榮譽稱號」了。只是眾人還不滿足，想給他加個「褒諡」來稱讚他對學習的狂熱，於是便投其所好，從《玉蒲團》中找出了「未央生」的雅號來將其抬舉一番。

（九）

　　沈三知拖著病體回來了。診斷結果也順勢流了出來，胃潰瘍、胃穿孔，若再晚點就醫，恐怕有發展成爲胃癌的趨勢。

　　對於此事，我大概也是能夠預料到的。不規律的作息與飲食把他推向了一個極爲窘迫的境地——這個東北大漢，早已稱不上精壯，甚至乎有些瘦削。不難想像，這場戀愛對他的身體消耗也是不小的——出於對其健康的考慮，沈三知的父母便在學校旁邊租的出租屋內做飯，要求他中午、晚上回家用餐。

　　正所謂「身體是革命的本錢」，老二自然是深諳此道的。但身爲一位「知名情郎」「模範男友」，當然不能在情場上就此收手、全身而退。於是乎，爲了「償還」對王潤玉失去的陪伴，他特地在桌上放了一個鐵盒，鐵盒頂上開了個小口——正好夠塞進一兩張紙——以便王潤玉將那濃情蜜意一字不落地傳達給他。

　　這還不夠，他還仔仔細細地叮囑王潤玉，什麼時候打他的一個電話，什麼時候打他的另一個電話，分身有術，如同一位保密工作者。

　　此般景象被許多人看在眼裡——他們兩位高調得很，大抵是不追究的。只是那氣氛頗有幾分好笑，沈三知在王潤玉面前耳提面命的樣子，倒像是老闆給祕書訓話，絲毫不似男女朋友慣常的那種親密。再看看王潤玉那股唯唯諾諾、滿臉嬌羞的樣子，我實在有些說不出話來，若眞要給出什麼評價的話，我只能說她這樣子似乎有點寶氣。

　　本以爲自己的想法已足夠險惡，但畢竟「人外有人，天外有天」，一時之間，竟有人開始直接押起了寶，拍著胸脯打賭他們二人的關係肯定無法再長久——這種幸災樂禍的心態本是不該有的，但奇怪的是，似乎有許多人買他的帳，紛紛十塊八塊地下起了賭注——我雖在道義上譴責這種行爲，但還是忍不住就此丟掉一個大發的機會，於是便下了血本，瀟灑地掏出一張二十塊的鈔票順手押上了冷門。實時賠率八倍，爆冷中了自然是運氣；沒中則權當充實獎池罷了，也算是「民心所向」了。

✦ ✦ ✦

　　「小別勝新婚，夜夜賽新郎」，出乎人們所料的是，那「漫長的離別」並未淡化這對情人之間的感情，恰恰相反，在這樣的磨練中，他們似乎對古人惜時傷懷的情感產生了一些更加深刻的體會了。他們照樣整天膩在一起，琴瑟和鳴的樣子宛如一對鴿子。

　　不過數日，語文老師竟開始爲作文比賽催稿了，這迅雷不及掩耳的速度著實令人有些驚訝。當然，這並非年級組或語文教研組的決定，而是校領導拍板決定的——爲了節省統一寄出的郵資，乾脆就把 deadline 提前，讓高二和高三同一時間交稿。

　　一石激起千層浪，不少同學對鰲中這個一反傳統的「雷厲風行」的行政隊伍直接罵盡了髒話。我自然也是手足無措的，在從眾編了幾個諷刺笑話之後，便也只得投入到繁忙的寫作中去了。

　　而此時，「學習互助」的「制度優勢」就此顯現了出來。沈三知出謀劃策，王潤玉細細整合，久而久之，便輕鬆拼湊出了

一片密密麻麻的文字，組成了一篇像模像樣的文章。彼時有個口號叫做「不忘初心」，趕時髦形容他們似乎再好不過了——我一時之間又想起了民主樓前的碑刻「矢勤矢勇，力學力行」，大概說的就是他們這般境界吧。

我們仍舊忙著，但他們已經可以忙裏偷閒了——這無疑會引來班上人的嫉妒，但又無可奈何，畢竟人家早有一手準備——此時的他們就頗爲識相地選擇了操場作爲晚上的約會地點，烏漆麻黑的谷地正好也合了他們的意。至此，這對神仙眷侶也就不再打擾我們這些爲筆下文章操勞辛苦的眾生了。

這本是平常的一天。那日，沈王二人晚自習放風歸來，只見沈三知踢門而入，儼然一副凶神惡煞的氣勢，讓全班人爲之一震—— 上次見到這樣的場景是在振翮樓，那日晚上韓道長喝醉了酒，瘋狂地踹著105辦公室的木門，臉紅得甚至與他的酒紅色西裝有些不分伯仲。

沈三知把自己重摔在了座位上，面紅耳赤地比劃著什麼，嘴裡還念念有辭，全然不顧自己的形象。

莫非是出了什麼事？一旁的王潤玉不停地向全班人使著顏色，好像刻意要幫我們集體收驚似的。於是人們又低下頭去，竊竊私語著，有時又抬頭看看前門後門，彷彿教室裡貼著偌大的「勿談國事」。

「好事不出門，壞事傳千里」，消息傳播的速度並未讓我們失望——原來沈三知與王潤玉在操場散步走得太近，被學校保安隊鄒隊長看見了。鄒隊長雖沒有沈三知那般高，但絕對是個結實的莊稼漢，曾經拿著防具追著犯了事的體育生一頓痛打。

他也是個明白人，並沒有爲難沈三知的意思，只是勸他稍微注意一下自己的行爲舉止。但在沈三知看來，這番話語無異於是「棒打鴛鴦」，於是便氣急攻心，朝那壯漢吆喝了兩句不中聽的，還差點動起手來。

「就這！」一個領頭的沒忍住，帶出了一個上揚的音調。一時之間，教室裡失控地哄堂大笑起來，氣氛激烈得很，如平日裡沈三知所坐的那處地界一般的喧鬧，連班幹部裡面最脾氣火爆的幾個出馬都管不住了。

老三心中的怒火更旺了。只見他站起，一掌拍在了桌子上，打得那原本就脆弱不堪的桌子痛苦哀嚎——這與我當年「低調做人，高調做事」的場景實在是神似至極。

然而，他的連環反應遠不止於此。他接著不由分說地用手扒開了身邊並不擁擠的「人潮」，向門外徑直走去，右手輕輕旋開了門把手，用盡左手全部力氣重重甩上，有如行雲流水一般。

窗外迸發出幾聲極爲爽朗的「雅言」，接著襲來的卻是一陣震耳欲聾的哭聲。

不過刹那，班上便寧靜下來。那位直率的「義士」臉色開始變得凝重起來，露出一張如喪考妣的臭臉，彷彿禍到臨頭了似的。

未等眾人將眼光投向王潤玉，那女子早已失去了蹤影。是去了辦公室嗎？不可能，據說她那時臉色很是紅潤，臨走還不忘朝著班上的人比了一個 OK 的手勢——化用一句經典台詞，便可以稱爲「家眷情緒穩定」。

✦ ✦ ✦

　　窗外的聲音開始慢慢地平靜下來，漸漸地，竟只聽得風聲
了——不，不只風聲，那風聲中似乎夾帶著幾聲喃喃的夢囈。

　　不久之後，王潤玉終於領著沈三知進了門。沈三知的神色
倒是變換了不少，一改往日一副居高臨下、侃侃而談的闊少模
樣，倒是有點像那犯了錯誤之後悔恨的小孩。

　　有人長舒了一口氣，小聲地順著氣說出了一句「女菩薩」。

　　此時的王潤玉，看上去也算是「法相莊嚴」的，一副慈眉
菩目、端莊典雅的樣子，「母儀天下」的姿態令人平靜不少。

　　他們緩緩走了下去，落了座。

　　我們又寫起文章來，座位上烏壓壓的一片。

　　大概是那天夜裡，有一張明文字條經了我的手——一手娟
秀的行楷。這是我高中二年中見過的唯一一次明文，似是不介
意給大家看的。

毅清：

　　我覺得，我們在一起，就是在特定的時間、特定的地點，
遇上了特定的人，發生了一些難忘的故事。一切都是緣分，我
珍惜緣分，珍惜與你的緣分，也珍惜與大家的緣分。

　　　　　　　　　　　　　　　　　　　　　　　　　一嘆

　　這張條子到了沈三知的手裡。他瞥了一眼，放入了那個鐵
盒之中，接著又彿下身去，把頭埋在了自己的臂彎裡。

　　那天的夜特別寧靜，明月半倚深秋，天外沒有半片閒雲游過。

（十）

11 月 21 日本是鰲山中學的校慶，照例該有慶祝活動。但 111 週年畢竟不是什麼大日子，加之鍾胥國校長是出了名的「不守祖制」的「少壯派」，果不其然，這日並無什麼特別活動，只是學校免了我們一日的飯錢，也算是把我們給打發了。

這不打發還好，一打發就把人給打發醒了。姑且勿論高二、高三的「老資歷」，就連新來的高一學生也群情激奮了起來。一時之間，各種自發活動席捲而來，探訪啦、義賣啦，搞得校內好不快活。社團活動也可謂是空前的盛大，彷彿回到了李公視事的時候。據說還有勇武之士，冒著天大的風險到校長辦公室去請願，這是我沒有想到的。

平淡的日子就這麼走著，轉眼間已到了 12 月。

也不知是不是鍾校長想通了，在 12 月初的某個有些陰冷的星期一早晨，我偶然間聽見一些所謂「文藝活動」的消息——大抵是流言吧，對於這屆領導班子，我也是有些自己的見解的。

然而造化總是因人而設計的。這日下午的班會課上，韓道長當著全班人的面宣布了那則消息：校領導已經研究決定了，學校將於元旦左右舉辦文藝匯演，每班必須有一個節目，希望我們踴躍組織。

毫無疑問，台下又是一陣轟鳴——這種得到一點好處就集體興奮的場景之於我而言早已是司空見慣了——這儼然已成了我們班的「傳統藝能」。眾人的笑聲似乎又給了我這個自作聰明

者一記重拳，不過還好，我並沒有感到疼痛——大概是因為我並未如往常一般進行一些悲觀的「反民智」的宣傳吧。

演什麼？誰來演？又一個問題橫在了我們面前。基於高二15 班靦腆低調、不愛拋頭露面的「集體形象」，這個問題自然被韓道長交給沈三知來處理——此時的沈三知正可謂是「日理萬機」，又怎麼有閒情逸致去辦這種吃力不討好的事情——經過層層攤派，這「拉皮條」的重擔便落在了文娛委員 Joy 的肩上。

Joy 的人緣極好，這點小事自然不在話下。不到兩天，她便召集齊了 14 名「童男童女」——這隊伍中除去我這位「來者不拒」的「Favorman」與 Joy 玩得好的 Tony，剩下便是 12 名女生——王潤玉也位列其中，原因很簡單，她與 Joy 關係很好，自然也願意幫這個忙。

Tony 那時在女生圈子裡是吃得開的，正當眾人為曲目一籌莫展之時，他拋出了一首英文歌《What A Mystery》，倒也算是神來之筆，解了大家的燃眉之急了。於是大家便約定每日午自習到操場邊大體育館旁剛剛重修落成的步雲樓去練習——那兒有空教室，不至於吵到別人。

就這樣，沈三知竟也不顧病痛，每日跟著我們舟車勞頓起來——真可謂是「生命誠可貴，愛情價更高」——這般真情在眾人看來，他也是個重情重義之人，似乎便也漸漸忘懷了他那晚驚世駭俗的舉措罷。

我們在裡面合唱，沈三知便在門外站著、望著，絲毫不打擾，只是來回踱步，有時拍個照，趁放風與王潤玉偷偷對視一眼。他的面色漸漸紅潤了些，恰似迴光返照了一般。

✦ ✦ ✦

　　可計畫總是趕不上變化——正常的排練持續了約莫兩三天的時間，先是要爲了順應「國風古韻」一類的主題換歌，後是年級組要在我們四個保送班搞個足球聯賽，要徵用所有男生中午組隊排練——沈三知終歸還是沒能閒下來，只得臨危受命，接下了組建足球隊的艱鉅任務。

　　不知是「位卑未敢忘憂國」還是逆來順受得好，我也沒有一句推辭，只是學著古人「拂袖而去」，便轉身加入了足球隊。

　　而沈三知的反應卻大得很，那枯槁的模樣又重新掛在了他的臉上——也許是胃疾復發，又或許是「靜躁不同」——可能是因爲「此消彼長」的緣故，他原本漸漸消瘦下去的「信箱」竟又不由得殷實起來了。

　　在這樣一個文科班，組建起一支十二人的足球隊有談何容易？十六位男生，勉勉強強能被「抓丁」的也不過那麼幾個。一位習武的「強人」動了筋骨，跑步都成了問題；卓華打籃球崴了腳，剛做完針灸回來，身體尚未恢復；學習委員南天戈（Samuel）本就瘦削，聽說有點心腦血管類的家族病，自然不能強求……借用鐵血宰相俾斯麥的一句話來說，這支足球隊可謂是「一隻巨獸、半打狐狸和十幾隻耗子組成的」。毫無運動細胞的我竟成了這群人當中少有的受過足球訓練的人，實在是讓我有些吃驚。

　　在褐溪，冬天的中午多有些陰冷，即使出了太陽也不見得有多麼熱，只是單純地有些晃眼。午自習時分，一群年輕男子面無表情地在操場上跑著，鑼齊鼓不齊地訓練著，頹廢的樣子

在外人看來頗爲好笑。

新步雲樓離操場挺近，男生們玩鬧似地踢著球時，女生那邊排練節目的歌聲我們也是聽得到的——曲目確實是換了，貌似是《千年遊》。

「清波逐浪筆墨紙硯我縱橫詩篇，策馬揚鞭紅塵作伴在大漠草原」，日復一日的「無謂抵抗」之後，我似乎也就將這種「不出汗的鍛鍊」當作了常態，只是下來消遣一番，聽一聽班上女孩子唱歌，試圖將當年唐明皇「仙樂風飄處處聞」的瀟灑愜意體味一番——對此，沈三知幾乎是默許的，畢竟他也似乎只能憑藉這點快樂來提振精神了。

已是 12 月中旬，期中考後，家長會也就近了，與此同時，足球賽也就近了。

見我們踢球沒什麼起色，老三有些不悅：球賽勝負事關班級顏面，加之此事由自己全權負責，訓練之事容不得半點閃失。

像打醒了瞌睡似的，一日體育課，老三發動刁嘯宇、徐驍兩位體育委員，用盡渾身解數才把這隊人湊齊來。

沈三知清了清嗓子，開始發號施令起來。「今天練運球，明天練長傳，後天練射門，家長會那天也不要休息，白天來學校踢球。」這命令一氣呵成，氣勢壯觀得很。

眾人先是一怔，繼而開始大聲喧譁起來。「這家夥早幹嘛去了？」「他也沒少摸魚吧？」

我本以爲沈三知要像上次一樣再發一次脾氣，於是便幸災樂禍地閉上了眼睛，等待著他口吐芬芳的那一幕。

　　未曾想，他只是喊了幾聲「快快快」，一副充耳不聞的樣
子。眾人覺得無趣，便也就接受了這「趕鴨子上架」般的安
排。

　　跑步，運球，繞柱，攻防……一通折騰下來，我們這群菜
鳥倒也難得的出了些汗——這定是值得欣慰的。

　　約莫一刻鐘以後，老三終於應允眾人休息片刻——他自己
也累了罷。只見他一人在前立著，雙手撐膝喘著粗氣，再看王
潤玉，她本與友人一起綠茵場邊的橢圓形跑道上走著，見到沈
三知這副模樣，便先駐了足，爾後朝著這邊走了過來。

　　沈三知還未抬頭，下面已躁動得很，噓聲頓時迸發而出
了。

　　她走近，拍了拍他的肩。他抬頭，四目相視之際，兩張臉
已然變得通紅了。

　　噓聲更重，老三似乎知道此地不宜久留，便就地遣散了隊
伍。眾人四散離去，歡快得有些過分。

　　Edward 如一位幾年未見過女人的老光棍一般扯著我，大談
特談「The First Couple」的所謂風流韻事。我極力掩飾住臉上那
將要露出的幾分鄙夷，順應著——只是我的嘴巴誠實得很，為
了這事，竟也如行雲流水一般一通指點，好不快活。

　　此時的那對，一定也是快活得很吧。

　　至於足球隊，也就這麼「半工半讀」式地耗去了餘下幾天
的閑暇時光。

（十一）

到了上陣場的時候了，我們高二 15 班對陣隔壁 14 班。

我還記得，這是一個禮拜一的下午，因爲是冬天，所以天色有些昏暗，鰲山上天氣偏冷，卻又有些悶，讓人有些緊張。

本是要穿襪子的天，我們卻只穿著單薄的足球衫，山風吹著，單是站一站就冷得有些不行。我不是首發隊員，只得在一旁先做觀眾「督戰」，慢慢等著上場的機會。

14 班的隊員個個身強體壯，怒目圓睜，即便是熟人相見，也絲毫沒有要留情面的意思——在理科班，男生並不是什麼稀缺資源，有的挑，自然挑好的——反過來看看我們隊，倒也很是爭氣，排兵佈陣算是有模有樣，即使技術上不如人，氣勢上也是全然不輸的。

上半場，我方爲攻方。哨聲響起，球便出現在了我們這邊球員的腳下。只見對面浩浩蕩蕩地壓了過來，絲毫沒有要防守的意思，目標很明確——搶球。

對面球門後面也是一堵人牆，他們不是隊員，而是啦啦隊。聲浪響起，濤聲震天，「14 班，加油」的聲音刺耳得很，朝著我們不斷翻湧過來。

場上的球反覆易手，情況變得有些微妙了。

千萬不能敗下陣來啊！我們這邊似乎如往常一樣有些靜謐，這可不是什麼好兆頭。一位女生大聲喊了起來「15 班，加油」，聲音分量挺足，但很快被淹沒在了聲浪之中。

我也跟著喊了起來。漸漸地，我們這邊的加油聲也開始律

動起來，

雖有些稀稀拉拉的，但也算是「初具聲形」了。

這聲形很快跳入了隊員們的耳朵裡，他們的腳下愈發靈動了起來，傳球多了，步子穩了，臉上的神色也舒緩了些。助威聲幻化作了「初具人形」的參一般，點點滴滴爲球員們添上了精氣，他們打了雞血一樣朝著對面高歌猛進去。

戰線推進得很快，形勢彷彿一片大好，這邊的加油聲更激烈了。我在場外盯著球的軌跡，屏住呼吸，汗涔涔地掉——這天氣像是更暖和了。

只見時機已到，刁嘯宇一通射門——我的手快要揚起來了——這球一頓掙扎，擦過對面門框，徑直向外溜去。

觀眾席上一片肅穆。

再看對面，「好球」「好球」的聲音不絕於耳，一副幸災樂禍的樣子很是可惡。

空氣裡充滿了一股濃烈的火藥味道。

失去了控球優勢，我們這邊的人開始有些手足無措了，只是喊著方位，來回地快速移動著。

天公不作美。雨點子淅淅瀝瀝地打了下來，慢慢澆滅了隊員們剛剛燃起的那點熱情。上半場很快結束了，場上比分 0：2，我方暫時落後。

我在雨中冷不丁地打了個寒戰。

中場休息十分鐘，沈三知通知我上下半場，他也跟著一起上，來補齊剛剛因體力不支下場替換的二人。我自覺時機已到，摘下眼鏡，裝備好護膝板便做出一副披甲上陣的姿態。

　　臨行前，沈三知拍了拍我的肩，低聲囑咐我一定要聽從指揮。

　　下半場敵攻我守，需要轉場。

　　場上與場下的體驗是迥乎不同的。足球可是種高耗能的運動，上場剛剛跑兩步，我便感覺有點喘不過氣來——可能是因為平時缺乏鍛煉吧。不過沒過多久，這種不適就變得好得多了，疾跑的時候，我甚至可以感覺到風在我的耳邊吹過，劇烈運動下身子也就不由地熱乎起來了，與單薄的衣衫並無太多關繫。

　　眼睛盯著腳下流轉著的球，耳中也只聽著老二在後衛那邊一個勁地喊話。「傳，往陳仕為那邊傳」「哎呀，用力」「注意腳下，守，守」……

　　刁嘯宇再一次控到了球，我們再度興奮了起來，握住了一根救命稻草一般，一個勁的指望著他能創造些什麼奇跡。幾個人在後面緊跟著，在他四方組成了一陣重圍，就像要抱著拼死的信念，堅決要守護著這顆球一樣。

　　在我們的努力下，戰線再度壓了過去。

　　雨開始下的大了些，眼前一片霧蒙蒙的，摘下眼鏡的我什麼也看不清。場面一度變得焦灼起來，突然，從那片層層迷霧中閃出一道影子，只用了輕快的一腳，便把球從刁的腳下勾去。

　　我有些慌了，只聽見後面一陣聲音，好像有些狂躁「阿標，阿標，看腳下」，未待我反應過來，那顆球已然從我的腳邊滑了過去，直勾勾的衝向對面前鋒——他朝後詫異而又遲疑地

看了一眼，帶著球徑直向我方球門衝了過去，好像一頭瘋牛。

老三此時已經顧不上拍大腿了，直接擋在門前，試圖以後衛之身，與門將一起做一次最後的抵抗。令他都沒有想到的是，對面的前鋒竟敢用這麼野的帽子戲法，在他就要把球截下來的時候直接將球掀起，給了他的腹部一記重擊，接著在他的腳下與他比拼了一陣角力，最後不惜以絆倒他為代價把球搶到手，轉身便來了一個精準的誰都無力阻擋的禁區射門。

又輸了一球！對方球員犯規固然是被罰下了場，但這一次輸球卻又是鮮明的。

沈三知就這麼顫顫巍巍著下了場，王潤玉趕忙迎了上去，遞上了一瓶水。他的身邊立馬就聚滿了噓寒問暖的同學們。他只是緩緩地推託著說自己不渴，任由她攙扶著往教室走去，極力表現出一副堅強的樣子——我看得出來，他臉上分明寫著難受二字。

至此，場上的我們再也無心應戰了，泄了氣似的在場上遊走著。我很快也被替補了下去。

十幾分鐘過後，這該死的比賽總算結束了——出師未捷，0：4 大比分落後——也算是意料之外、情理之中的一個結果了。

天空竟在這個時候放晴了。我們早已渾身濕透，雨水和汗水交織著緊貼在背上，令人實在有些難受。於是我們便四散離開，吃飯更衣，看樣子不算太過狼狽。

晚自習，沈三知還是留守在教室裡。他有話要說。

他把眾人聚集到教室門外總結了一番，語氣頗為和緩，不知是因為身體欠安還是真就平心靜氣了下來。

「我們盡力了。在 14 班看來，這場比賽是 4：0 完勝；在我們看來，即便是在敵我勢力如此懸殊的情況下，我們也還是爭取到了兩三次破門機會，這也是不簡單的。大家說是吧？」

眾人不語，只是紛紛點頭。

見氣氛有些尷尬，老三話鋒一轉，似乎要扭轉些什麼，「4：0，要是我們都再多進一球，那就可以慶祝五一國際勞動節了！」

他開始詭異地笑了起來，眾人也是陪著笑。

「不過話說回來，大家還欠缺點配合」，他吆喝著眾人圍成一個圈了，又開始指點起來。

「刁嘯宇」，他頓了頓，「是個好前鋒，今天咱們能有兩次機會，全部得靠他！」

刁嘯宇笑了笑。

「何志民是技術流來的，很厲害。」老三平淡地恭維了兩句，並未得到什麼回應。

「陳仕為、Tony，你們兩個傳球搞的還行了，也算是練出了成效，但還是一句話，缺點配合。」

他又轉了轉身子望向了我，「阿標，我知道你是練過足球的，指令什麼的都可以跟上，但還欠缺點自己的判斷和反應。」

我本想叫冤的，本來碰球的機會就不多，加上沒有戴眼鏡，看不清，交給我靈活機動性太強的任務，我也只能說是力

不從心。

　　只是他一路訓過去，並沒有給我機會，我也沒有再聽後面的與我無關的內容，只是站在外面配合著，等到訓話結束。

　　到了晚上外面冷的很，月亮挺大挺明亮的，只是有時有一抹烏雲蓋過去。

　　我只記得那天晚上，咱們一隊的人，把手按在一起，加油了一通，約定好下次比賽一定要闖出點成績來。

（十二）

　　不久之後的禮拜三，我們隊和 13 班比了一場。又是一次敗北，只是比分稍稍好看了些——1：2 惜敗，頗有些勢均力敵的味道。

　　然而這一次，沈三知卻什麼也沒說。是他根本就忘了這事，還是不想讓我們在季軍與殿軍的爭奪賽中放鬆一點，我心裡也沒有數。

　　中午的訓練總算是徹底廢弛了——聚不齊這一隊的人，自然也是白搭——於是老三也就順坡下了，中午的訓練改到傍晚，自願前來，體育課上的訓練照常。

　　根據高二 15 班的字典，「自願」即是非強制，即是「不必」，傍晚的所謂訓練，也就也只能算是空談了。

　　已是 12 月中下旬了，眼看著（公曆）年關將近，女生們那

邊更加賣力地準備起節目來。從簡簡單單的唱歌到歌伴舞；從清唱到彩排，再到帶妝彩排；從中午訓練，到中午和半晚訓練——再到占用整節晚自習訓練——與我們這群足球場上勉強拿來充數的「濫竽」相比，她們那股認真勁頭可謂是令人高山仰止了。

體育課上，我們班圍著操場跑了兩圈便解散了。足球隊照例進行「訓練」——如此稀稀拉拉的訓練，恐怕稱為「摸魚訓練」也不足為過——然而黎興安對於此事卻是應許的，畢竟作為二十多歲年輕老師，也頗能理解我們的玩樂本性的。

一碗水自然是要端平的，男生可以占用體育課練足球，那麼女生占用體育課來練歌舞自然也是完全合理的——正所謂「班級利益為重」，如此一來，照顧到了班級利益，這和事佬便也方便和學生打成一片了。

我們在足球場上排成一排，沈三知帶頭發令，做了幾套動作——其實也不過就是例行公事罷了，運球、傳球、控球、射門、防守，我們的動作還是顯得有些僵硬，只是更加連貫些了——接著便是後續活動，其實也就是內部攻防戰，自願搭對參加的。

沈三知體弱，再加上在場上受了傷，完成了例行公事便一個人走了——我並沒有什麼想怪他的意思——但「樹倒猢猻散」，我本想參與到這種集體活動中的，只可惜偌大一個足球隊「自願」起來也湊不齊這麼一次活動！

我感到有些遺憾，卻不合時宜地走向了大體育館，原因很簡單，裡面有座椅，可以看著表演消遣一番。

　　未等我走近，這體育館裡的歌舞聲便令我有些震驚，古人云「士別三日，即更刮目相待」，看來我們班的人還是有兩把刷子的。眞正身歷其境，走近了，卻又是另一番景象：台上一群古裝女子順著歌翩翩起舞，不知樣式仿的是周代中土禮樂，還是唐時之胡旋舞……

　　台下卻是一片出奇的冷清。後排的位置空無一人，台前的空地上擺著三張塑料椅子，椅子上面坐著三人，中間是沈三知，左右是我的兩位熟人——Vincenzo 和蜘蛛，他們原是鹿中的學生，通過中考來的鰲中，與沈三知大抵相熟。

　　沈三知看上去並沒有什麼尷尬的意思。畢竟都是躲懶，我也不想五十步笑百步地去嘲弄他，只是望了他一眼，便拎起一張椅子在遠處隨意坐下。

　　「Salute, Beniamino」（英文名 Benjamin 在義大利語中爲 Beniamino），Vincenzo 與我用義大利語打過招呼，又招呼著我過來坐下——據說他是信天主教來的——蜘蛛將他的話復述了一遍。

　　我遲疑了片刻，決定用阿拉伯語來應答一番，於是便說了一句「Wa Alaykum Salaam」，爾後搬起椅子向他們那邊挪了一段。

　　Vincenzo 並沒有生氣，只是禮貌地朝我笑了笑，擺了擺手之後又與老三攀談起來。

　　別人談話，我本是不願意打擾的，但沈三知突然表現出的那種手舞足蹈的樣子著實讓我有些摸不著頭腦——原本正襟危坐的他在這突然的動作加持下顯得極不自然——於是我慢慢地

將椅子推近了，終於在他們的後排不留痕跡地緩緩落下。

「你看你看」，老三伸出手向王潤玉指去，「中間的那個是我的女朋友。」他頓了頓，卻又略顯羞澀地低下頭去，「她長得漂亮嗎？」

他們不語，只是輕聲笑著。

下課鈴不知幾時打響了。

（十三）

就在當晚，Vincenzo 找到我與我散步，討論一些高深的哲學話題之餘，問了我一些關於沈三知和王潤玉的事情。

我知道的畢竟有限，也就實事求是地說了一些。

聽過了我所說的，Vincenzo 看上去有些失望，似乎沒有得到他想要的。他還是一副毫無慍色的模樣，輕描淡寫地說出一句「原來老三的春天又回來了」便要收束這對話。

興許是有些心急，想從他的口中套出一些關於沈三知舊時的風流韻事，我便向他打聽起了孟姝的事。

「那個，孟姝和James是什麼關係？」我的口吻中帶著一點膽怯。

「你管老三叫 James」，他先是笑了笑，「看來我得叫他 Giacomo 了。（Giacomo 為義大利語中 James 的變體）Giacomo Shen，就叫他 GS 好了。」

他的喃喃自語並未耽誤太多時間。他表示自己也不甚知

情，只是挑明了孟姝就是沈三知的前女友；唯一一點收穫不過是坐實了我對於「臨安」同「錢塘君」之淵源的所謂猜測——這倒也不算什麼新鮮事了。

　　約莫是在元旦文藝匯演之前，我們作文參賽的稿子終於經過了語文老師的數次錘鍊，總算是「三審定讞」了。作為班長的老三把一份份稿件整齊裝入了信封，鄭重地放在了語文組的桌子上。他不疾不徐地走出了辦公室，雖然自己未參加比賽，但一想到自己與王潤玉共同創作的第一部作品就要接受大家的鑑賞，他的臉上就掛滿了欣慰。

　　我親眼望著沈三知面帶著微笑，昂首挺胸地大跨步走進教室來——這副樣子有點像京戲裡的達官貴人，按行話來說應當稱之為「孤」的角色。

　　似乎整個班級也就這樣沉浸在一股如釋重負的喜悅之中，一來是為了脫離那片名為作文比賽的茫茫苦海，二來便是為了這將要敲響的元旦鐘聲與隨之而來的文藝盛宴了。至於那最後一場與 12 班的球賽，我們早已不計較了——前些日子汲汲而求的勝敗似乎在這時早已被我們拋到九霄雲外去了。

　　那個日子總算是來到了——大概是 12 月底的某一天吧，我們終於遂了這「千年一願」，亦或是說中了陰謀論中鍾脣國那「飢餓營銷」式的圈套，坐在了那還滿是甲醛味道的大體育館中——美名其曰「共襄盛舉」，實際上我也記不得太多，興許是因為在這冷得有些凍人的天氣裡忽的把我扔進一個悶熱至死的「密室」之中，我的記憶力有些下降吧。

　　我只記得那天我大約是被抓了壯丁，為了某部劇的需要來來回回搬了幾趟桌子充當道具，真正到會場時已是精疲力竭，就更不要提什麼靜心欣賞表演的事情了。同行的男生還有很多，有本班的，有其他班的，至於沈三知有沒有去，其實我心裡是沒有數的。

　　在我們班的節目開始之前，表演的姑娘們就得出去候場了。說實話，大冬天的穿這麼點衣服，即便是放在我這種皮糙肉厚的壯漢身上，也大概是吃不消的，更何況是那群細皮嫩肉的姑娘們。可奇怪的是，連同姑娘們一起消失的，還有沈三知和何志民。

　　這大概也沒什麼蹊蹺的吧？我這麼想著，只是覺得他們可能是上廁所去了，再不濟便是去照顧各自的心上人去了，大概都是情理之中的吧。

　　歌舞節目的動靜自然是大得很的，但是我也依稀可以聽得見，窗外那北風呼嘯的聲音。我們班的席上空蕩蕩的，其實也不過是少了十幾個人，但總覺得有些什麼不對勁。但這種詭異似乎真的是我多慮了，旁人只是跟著節奏打著拍子，享受著這難得的悠閒時刻罷。

　　我們班的節目就快要開始了，當幕布打開、燈光落下的那一霎那，臺下的人都鼓起掌來，歡呼聲混作一團。趁著這個時刻，那兩位失蹤的男人偷偷的潛了回來。

　　老三沒了身上的襪子，上身僅剩下單薄的毛衣，冷得有些發抖。混入人群後的他只是順勢大喊著。

　　會場靜靜平息了下來，大堂中燈光暗去，只剩下舞臺上，

的燈如同夜明珠一般，照耀著全場的時候，我們班的姑娘們，又跳起了古風古韻的舞蹈來——這效果與彩排時看到的是迥乎不同的，拍下為此一片喧鬧起來，仿佛驚雷湧動一般，臺下的觀眾們都在此時沉溺於其中了吧。

「成敗風流付笑談，看天涯共明月。與你共度五千年，在人間」帷幕漸漸拉了起來，燈光暗淡下來了——她們完成了任務，完成得很出色——她們應該回來了。

如一群小天鵝一般，沒過多久，凱旋而歸的她們從後面冒了出來，臉上帶著微笑——進來的樣子並不比沈三知那般狼狽，反而驕傲得很。

她們濃妝豔抹的樣子，讓我有些認不出來。但我憑著對於班上風流人物的深刻把握，也總算把王潤玉給認了出來——沈三知的襪子就這麼披在她的身上，辨識度相比也是極高的。

他們兩個相視一笑，這冬日的夜晚，在一瞬間就變得豔陽高照。

節目結束時已是深夜了，我一條肩，不知扛過了幾副桌凳，終於才踏上了歸途。

大概是我不合時宜地吟了一句，「料峭春寒吹酒醒，微冷，山頭斜照卻相迎。」

（十四）

時間來到了 2018 年。

期末將近，根據驚中慣例，我們此時的大課間跑操活動差不多該暫停了——畢竟天氣寒冷，跑前跑後一冷一熱的溫度差想必很多人也吃不住——不過這樣一個「暫停」當然也不是一個簡單的行政指令，在此之前，我們還要經歷一次躲不過的會操比賽。

停了跑操，對於沈三知來說是件好事。平時，作為班長的他有義務為班上請假的同學批請假條——所謂請假，照韓道長的話來講便是「以合理的方式逃避跑操」——暫停跑操，便也省去了他的日常勞累，亦為其減少了不少的「瀆職風險」。畢竟不是哪個班的班長都有如他一般的魄力，去把女生的生理期計算一番，爾後堂而皇之地在班上與班主任據理力爭，來為班上的女同學爭奪那一星半點的請假權益的。

不過也算是皇天不負有心人，班上的人倒是十分體諒沈三知的良苦用心，一聽到「會操比賽」「跑操結束」之類的字眼便同心同德地準備起來。

費嗓子的事情，自然是要輪到我出馬——這件事我早有自知之明了，也不願去多掙扎些什麼，只是糊塗地等待著「雲中持節」——這例行公事自然也是老三過來向我宣佈的，我也例行公事般地答應下來，彷彿這事從未有成為定局似的。

於是枯燥的操典訓練生涯再一次開始了。幸好時間並未持續太久，不至於讓我生厭。

　　枯燥無味的訓練時光匆匆過去，恍惚之間已到了禮拜五。
該是上陣場的時候了！我對這次訓練的成果頗有信心——這是
我少有的把話說的很滿的時候——因為我知道，跑操所謂的動
作規範，其實也不過如此。

　　「一二三四」的號令聲響徹耳畔，幾圈下來，動作一致，
通過了主席臺，心想著此事也就此作罷了。最煩的是列隊，明
明占用的是寶貴的自習課，卻還要拖長時間來一段領導講話—
—這分明就是亂搞一通的形式主義作風！

　　冬天本就天黑得早。說實話，那天的天氣有些陰鬱，卻偏
偏在這時，西邊的雲端竟射出一道霞光來；再看看東邊的蒼
穹，明月似乎搶先了一步，早已緩緩地爬上山頭了。

　　人們的目光早已被這日月同輝的美景吸引住了。場下有些
悉悉索索的小聲音，惹得領導有些不悅，一張張油光滿面的老
臉上都分明地寫著不高興。

　　「肅靜！肅靜！」

　　無人應答。

　　這事終於草草收了場，學生們在聽到解散二字後便開始放
飛自我了，四散離去的樣子好像在公然向著那高不可攀的權威
宣示著反抗似的。站了許久，我感到很累，便也是時候回到班
上了。

　　也不知是何種心理作祟，明明已經走到班門口了，卻偏偏
生出一種「近鄉情怯」的感覺。教室裡似乎很空，走廊上就站
著幾位同學，臉上的神色有些緊張，好像有什麼事在刻意瞞著
我。

我本想和往常一樣推門而入的，他們卻攔住我，還叮囑我不要發出聲響，仿佛我們在做著什麼大逆不道的行為一般——他們給我使了使眼色，叫我看向窗戶那邊——窗簾分明拉著，中間只留了一絲縫隙。

人們的目光很是期待，看樣子都在慫恿著我做出一番什麼大的事業。恭敬不如從命了，我心想，湊近一看，簾中果然是一片新世界——何志民與陳湘在桌上擁吻著，還時時變換著動作，絲毫不覺窗外竟有一雙眼睛把這堪稱香豔的一幕如實地記錄了下來。

我羞澀地彈開，接連後退了幾步，直到碰到了欄杆才反應過來。

我懦夫似的拔腿就跑。

✦ ✦ ✦

晚上沈三知不在，大抵是身體不適回了家。王潤玉卻如往常一樣在外面杵著，若是遇上不知所以的旁人，估計是會把她當做一塊望夫石的。

可仔細一看，卻實在不對。何志民弓著身子在一旁小心地說著什麼，而王潤玉也絲毫沒有避嫌的意思，只是和他攀談著——在我看來，這熱情的氣氛似乎有點過分。

但更為離譜的卻是陳湘居然還能夠氣定神閑地在他們對面站著，聽著他們聊天，還夠呵呵地發出笑聲來。

真是夭壽骨！我轉身便要回到班裡，卻看到緩緩走來的Vincenzo 和蜘蛛。說明來意之後，才發現他們只是來散步的，並沒有要找老三的意思。

寒暄了幾句，算是替老三盡了地主之誼，我又要送客離去。

Vincenzo 臨走前嘴巴裡好像嘟囔了幾句，語言有些刺耳，貌似是「姦夫淫婦」來的——這番話與似乎與他平時儒雅隨和的形象相差甚遠了。

一番考量之後，我覺得，今晚發生的一切就權當沒有發生過，還是不要告訴沈三知好了。

（十五）

期末考試前的幾天，作文比賽的結果出了。

正所謂「一分耕耘，一分收穫」，王潤玉的那篇大作經過數次打磨，外加上沈三知的「傾情指導」，反響自然是不俗的——在省裡拿了個特等獎——這該是她日後在高校自主招生中的一項重要資本了。至於我那篇侃侃而談的作文終歸還是差了點，無病呻吟得多了，便也至多成就了一個所謂「優勝獎」。

語文老師在那天的晚自習上冷不丁地宣佈了這個消息。王潤玉很是高興，居然就此落下淚來。在一片掌聲中，沈三知竟也長舒了一口氣，彷彿新手父親在手術室外如坐鍼氈之際剛好聽到了「母子平安」的消息一樣。

臺上那女人面對優秀的文章一直是不肯罷休的，這種偏執似乎刻入了她的骨子裡。她叫王潤玉上來讀——王潤玉扭扭捏捏地，頗有些不願意——於是便自己唸了起來。

◆ ◆ ◆

這文章如同催淚瓦斯一般，不知何時，班上遍佈了一片抽泣聲，空氣中遊蕩著悲淒的氣氛。

「好文章，好文章」，一陣肅穆以後，我終於緩過神來，「眾人皆醉我獨醒」一般地鼓起掌來——我想不到，一篇寫自己父親的記敘文，竟也可以催情到如此境界——原來王潤玉是忠烈之胄，父親生前是警察，因癌症英年早逝。聽人說，那塊她運動會時苦苦找尋的舊錶是她父親生前留下的少有的紀念。

至此，我有些愧疚了，一來是為自己未能盡心盡力地打磨文字、未能表達出真情實感而感到遺憾，二來是為自己那時對沈三知、刁嘯宇尋錶的不解甚至是嘲弄感到自責。我以一個失敗者的姿態低下了頭，接受著少有的出於自省的良心批判——後來一想，我懷疑自己這番「反省」是否也是無病之呻吟——我乘著低頭之際用餘光有意無意地偷瞥了一眼沈三知。他也隨著人流哭著，眉目之間有些不自然——畢竟這文章有他一份，見多了也就見怪不怪了——可他的嘴角卻分明地上揚著，讓人覺得有些莫名其妙。

風刮得凜冽，拍打得門窗吱呀作響，眾人未曾料想，雪花在此時已開始洋洋灑灑地飄落下來了。

這便是 2018 年的初雪了。

待到晚自習結束之時，窸窸窣窣的小雪早已停了，窗外的世界並不如人們想像中的那般銀裝素裹，只不過走廊的地上、欄杆上結了一層薄凍，人們走過的地面多了幾分光滑罷了。

然而這樣的初雪又怎能讓人們的心情平復下來，兩三年未

一睹雪花真容的褐溪市民們都為此歡呼雀躍了起來，更不用說我們這群被困在鰲山當中日復一日「隱修」的「仙家子弟」們了。期末考試雖已近在咫尺，但學生中對於雪的那股狂熱似乎已然蓋過了考試前應有的那種緊張氛圍了。

眾人在盼雪，而我卻很難高興起來。說來也怪，雪後的日子本該放晴的，而這天氣反倒是陰冷得很，成天下著小雨。我的腳時常凍在雨水浸染的襪子中動彈不得。

三五天以後的一個上午，雪又下了起來。這一次一連下了一個上午，到了中午時分，鰲山上便是一副「上下一白」的奇異景象了。

無需等到上午的課程結束，同學們早已在見到雪花的那一霎那蠢蠢欲動起來。這天中午，王潤玉連飯都沒有吃，便拎著手機徑直出去拍雪景。

她一個人在外走著，遇到一處美景便停駐拍照，放肆得很。她心想，一定要多拍點照片，給沈三知一個驚喜。

忽然，她的肩上被人拍了一下——是沈三知吧？她滿心歡喜地轉過頭去，卻發現眼前的男人是黎興安。

她下意識地藏住了手裡的手機，拼命地藏在身後，支支吾吾地憋出一句話來。「黎……黎老師……」

那男子微微一笑，口氣中分明帶著幾分不屑，說道「拿出來！」

王潤玉的手裡攥得更緊了。黎興安見勢不妙，惱羞成怒了起來。他大聲咆哮著，重復著剛才說過的那句話。

外面很冷，加之此時正是午餐時分，此時的校園裡，遊蕩

著的人可謂是屈指可數。黎興安步步緊逼著，王潤玉節節敗退
——她像是要哭出來了——此時的她，該有多希望沈三知能幫
她一把啊。

面面相覷的一陣僵持之後，王潤玉似乎也明白了胳膊擰不
過大腿的道理，便也鬆了口。她頂不住了，哆哆嗦嗦地把手機
放到了那男人的手裡。

那男人一手奪過，絲毫沒有點憐香惜玉的樣子，臉上露出
了得意的神情。「喲」，這一聲拖得很長，「新款卜核手機，還他
媽的是原裝進口的！」他的臉上盡是不屑，似乎是仇富心理在
作祟——在他看來，王潤玉小姐一定是個富婆吧。

於是他繼續盤問道。「這手機，少說也要兩三千吧。怎麼？
妳自己買的？」

她想了好一陣，點了點頭。

黎興安見狀，再次露出了蠻橫的笑容，於是他繼續乘勝追
擊道，「這真的是你的？」那漸漸揚起音調讓人聽了想打人。

王潤玉開始沈默了。黎興安，長嘆了一口氣，瀟灑地轉身
離去。

看著那男人揚長而去的身影，王潤玉的眼淚終於不爭氣地
掉落了下來。冰冷的雪花落在她的臉上，雪水與淚水混成了一
塊。

王潤玉回到了教室裡，癱坐在凳子上，耷拉著臉，眼裡還
在閃著淚花——她不知道自己該怎樣跟沈三知說明這件事。

午自習的鈴聲響了，教室裡還是空蕩蕩的。大家都跑到外
面去看雪了。

　　沈三知進了教室，如往常一樣遲到了幾分鐘。他看到滿臉鬱悶的王潤玉，推了推她，約她出去看雪。

　　窗外玩雪的人很多。天空中飛舞著雪球，人們已經開始打雪仗了。

　　王潤玉呆滯得很，絲毫不覺沈三知已站在自己身旁好一陣了。沈三知總歸是耐不住寂寞的，在守護了幾分鐘之後，便獨自一人跑出了教室。

　　雖說有些不悅，老三還是打算給他的所愛一些驚喜的。於是他堆起了一個雪人，堆了很久，把手都凍紅了。

　　他又像孩子一樣小跑著進了教室，大聲向王潤玉喊道，「我給你堆了個雪人！」她依舊呆呆地坐著，好像除她以外的世界都與她無關似的。

　　他有些生氣，當著她的面摔門而出。她的臉上還是沒什麼變化。

　　老三看在眼裡，還是氣不過。他三步並作兩步地下了樓，行雲流水一般地使出了一拳。

　　山崩地裂的聲音迸發而出了。眾人目瞪口呆，看著他親手摧毀了自己一點點堆砌起的雪人。

　　他氣沖沖地回到了班上。王潤玉在此時迎了上來——她大概是好些了——她向他喊道，「你的雪人呢？走，去看看？」

　　沈三知還是板著副臉，雙手通紅的，讓人看了有些心疼。

　　王潤玉又像犯了錯一樣，低下頭，小聲地說著。「不想去，那就別去好了。」

　　沈三知拉起她的手，在一個位子上坐下，憋屈地說了一句

對不起。

　　王潤玉也緩緩落座，緊靠著他，頭與頭靠著，默默地流下了眼淚。她拉起他冰冷的手，放在自己腿上。他把手小心翼翼地伸向了她的兩腿之間——他此時大抵是沒有知覺的，她也沒有反抗——他也只是想暖暖手罷了。

（十六）

　　當晚，王潤玉終於鼓起勇氣把沈三知拉到了門外。沈三知還有些生氣，這是分明寫在他臉上的；然而他又有一絲快慰，經過了中午的那番無聲對白，他以為自己與王潤玉的關係更進一步了。

　　她怯生生地拉了拉沈三知的衣角，怯生生地張開了嘴。「那個，我的手機被黎興安給繳了，能不能……」

　　她本想向沈三知投去一個無辜的眼神的，但沈三知顯然沒有給她這個機會。他只是咆哮了一句「什麼」，便開始詰問她這事情的經過。

　　「我只是去看雪呀」，她的聲音開始顫抖了，「然後拍照的時候，就被黎興安給發現了。」她的脖頸漸漸彎了下去，嘴唇嘟了起來，再次試圖博取沈三知的同情。

　　「無雞巴語」，沈三知還在生氣，如今看到自己的女人還這麼不給自己省心，他的語氣更強烈了，「自己不知道去拿回來啊？」

　　「我去過年級組那裡了，他們說一定要家長來拿。」王潤玉知道，自己的母親工作繁忙，要一人撐起一個家來，是萬萬不會出面的。更何況自己收受別人這麼貴重的禮品，家裡也不知道——她腦中的思緒交織著，充斥著不安與恐懼——她此時大概什麼也不記得了，唯一一點自知便是一旦此時讓母親知道，無異於將這段戀情暴露在外了。她顯然沒有做好這方面的準備。

　　於是她用身體慢慢地向沈三知靠近，似乎是想要賄賂他。「要不你去幫我拿一下？」她的聲音更顫抖了。

　　然而沈三知還是不為所動。相反地，他把一只手掌放在了王潤玉的肩上，將她一把推開，撂下了一句「你這叫我怎麼辦」便朝著班上的後門走去。他關門的聲音很重，腳步聲也踏得很重，在外人看來有些恐怖。

　　他徑直地走上了講臺，開始講話。「安靜一下，和大家說個事哈」，他拍了拍桌子，須臾之間綿軟的口氣令人有些想笑。

　　「今天下了雪，我們班上有同學拿手機在外面拍照，被年級組給捉住了，現在讓我去討回來，我做不到。」他的話語簡明扼要得有些強硬。

　　「所以，請大家帶了手機的，把手機收好，被年級組抓住了是你們自己的事，我不負責。」

　　台下的人雖然不多，但也還是莫名其妙地鼓起掌來。

　　門外傳來一陣抽泣——王潤玉蹲在後門外的廊道上哭了起來，哭得很小聲。

　　那天班上有些議論，似乎哀聲嘆氣的多了，至於「夫妻本

是同林鳥，大難臨頭各自飛」之類的論調也就喧囂直上了。

（十七）

期末考試的那天也下了一點薄雪，於是乎，這個學期形式上就這麼結束了。

寒假還是要補課的，一直要補到小年後。相較於去年寒假，這個寒假可謂是有意思得多。語文老師搬出了選修課本，讓我們排練幾個課內話劇，沒有參與的同學要寫觀後感。

到了這種時候，總會有人來找我——大概在他們看來，我是個愛表現的人吧——當然，就我個人而言，只是不願意拒絕別人罷了。

於是我被拉進了兩個劇組：一個是由沈三知導演，刁嘯宇主演的《哈姆雷特》，我在其中飾演雷歐提斯，與刁有一場擊劍戲；另一個是由 Irene 導演的《竇娥冤》，我在裡面出演張驢兒，一個經典的反面角色。

寒假補課期間的自習課多如牛毛。如此一來，對於戲劇表演，我們便也多了時間用心準備，我難得的休息時光就這麼順理成章地被排滿了。

兩個劇組兩邊跑頗不容易，《哈姆雷特》劇組占據的是新步雲樓的雜物間，而《竇娥冤》的安營紮寨之地則是振翮樓後面水塔旁邊的空地。這兩個地方我都很熟悉，只是在兩地之間奔波勞頓實在是不易，加之分身乏術，隨叫隨到的劇組生涯讓我

有些招架不住。

經過那次之後，沈三知與王潤玉之間的感情該是有挺大裂痕的——畢竟沈三知身為班長，在班上為了手機一事大費周章地指桑罵槐弄得王潤玉很不舒服；當然，這件事也弄得班上很多人不舒服——但兩人最後還是重歸於好了。聽人說，是老三親自去道的歉。

但沈三知也在這事之後豪橫了不少，他似乎覺得只要自己道歉，就能夠無條件地被人原諒了吧。

話說那日，我在水塔那邊念詞。忽然陳仕為帶著沈三知的口信跑來，叫我去他那邊一趟——大概是戲裡的要事吧——於是我也沒跟 Irene 打招呼，便火急火燎地跑了過去。彼時的他們剛剛轉場，於是我找了好一會兒，才終於到了目的地。

雜物間裡，沈三知講話的聲音很大。剛剛是配角場，徐驍演的克勞狄斯與 Candy 演的喬德魯德正搭著戲，陳仕為演的霍拉旭與 Tony 演的奧斯里克在一旁背著台詞。

不久，沈三知板著臉上去對著徐驍數落了一番，怒斥他作為殺兄娶嫂的丹麥姦王居然演出了一副慈父形象。

我早就能料到這樣的場面。Candy 雖是外地人，但卻是北方有名的大族之後，她的父親更是褐溪官場上手眼通天的大人物。憑我對沈三知的印象，他是斷然不敢忤怒有這般家世的人的。

我無聊地在旁邊站了一陣。其實我本不必要站的，但王潤玉和 Joy 正在屋角的桌子上坐著看著老三的手機，入神得很。我明白，此時我是不該打擾的。

　　終於，老三注意到了我，便走過來似是要迎接我——然而他的面上卻一臉橫肉，讓我很是不爽。

　　「等你很久了，你再不來，就我自己來演雷歐提斯了」他開腔了。

　　我自覺得他沒這接手的魄力，心想著明明是他召我來的，便沒有回他的話。

　　只見他從空中拋來一把西洋劍，被我勉強接住了。

　　「來，擊劍！」刁嘯宇手裡也端著一把西洋劍，做出一副挑戰者的姿態。

　　「且慢」，未等沈三知發話，王潤玉從桌了上一躍而下，竟抄起一把備用劍，開始指導起我們舞劍來。原來她與 Joy 方才看的是專業擊劍視頻——她們確乎有點東西，不是來吃空餉的。

　　看著這一幕，我和老刁笑了，也像模像樣地學了起來。

（十八）

　　排練話劇可是一個辛苦活，台詞只是基本功，更重要的還有表情和動作。毫不誇張地說，放在真正的舞台上，演員的一顰一蹙都是要斤斤計較的。歷經了分身乏術之苦，我終於得以粗略地領悟到那「台上一分鐘，台下十年功」的不易了——看來王潤玉「混入」沈三知的劇組也是不無道理的，有現成的劇本在手，編劇後勤一類的工作也就算是閒職了——一點點「動作指導」，備辦點服裝、道具，外加上正式表演前的化妝也就大

概構成了她的全部任務。如此一比較，說實話，我倒開始有些羨慕她了。

　　話劇演出是放在補課結束那天的，因此，我們還有足夠的時間去「精益求精」──對於我來說，這過程卻像是磨煉一般。Irene 那邊拿的是《竇娥冤》的劇本，畢竟是「古為今用」，把話本改做話劇要耗去大量精力，導演編輯的火氣也就平和些，省去了許多麻煩；換做沈三知這邊的《哈姆雷特》，情況便迥乎不同了，我要成天聽著沈三知指手畫腳，還要看著王潤玉等人在一旁悠閒自在地躲懶，心中的滋味不要太好受。我在私底下常向同在一個劇組裡的刁嘯宇、陳仕為等人抱怨，他們也只是勸我忍住，不要傷了和氣之類的云云。

　　這煩惱的日子終於要到頭了。可是臨著快演出的那兩三天，《哈姆雷特》劇組裡卻常常缺著一兩個人──是王潤玉和 Joy──到了這種時候，話劇早已定了形，她們在此時來不來也無所謂了吧。沈三知起初對這事並不過問，於是我們也不提起，倒也算是秉持了「事不關己高高掛起」的中庸態度。

　　可是這天徐驍帶來的「線報」讓沈三知著實有些意外。只見徐驍從外面上完廁所回來，神情慌張地跑到老三面前和他小聲說了幾句。老三先是一愣，繼而臉色陰沉了下來。他只是揮揮手叫徐驍走開，直言道自己想靜靜，便端坐下來。

　　他吆喝了幾句便轉頭離了去，看樣子像是有什麼煩心事，黑了臉。沈三知前腳剛走，這邊便開始七嘴八舌地議論起來，好像有什麼震驚世界地大事發生似的。不過這場討論沒有持續太久，約莫一兩分鐘過後，當話音漸漸平靜，這邊也就順理成

章地早早地散了場。於是我便找準了機會，抓緊時間去水塔那邊搭戲——那邊今兒有個脫稿綵排，要求全員參與，我本想推脫一番的，但現在看來是沒有必要了——我又想起老三某日批判我的話來，「啥事都要撈一手，撈到自己做不來」，不禁地長舒了一口氣。

很好！幾乎分秒不差的，我按時趕到了。還沒站定，頭上還是一片汗灉水流的樣子，我便又要演起張驢兒那副痞氣的市井模樣。這對我來一如家常便飯，可以說算是輕車熟路了。

「我做官人勝別人，告狀來的要金銀。若是上司當刷卷，在家推病不出門！在下蜀州太守檮杌是也。」不用說，卓華這一身富貴的樣子，扮起貪官來倒是有模有樣。

突然，也不知從哪兒鑽出來兩個人影，說著話、喘著氣，聽聲音感覺有些熟悉，像是我們自己班上的女生。估計是來湊個熱鬧的，我也便沒有多理睬。

我照著劇本朝著「太守」跪了下去。但「太守」卻望著別處，似乎忘掉了即將要上演的是《竇娥冤》中「官跪民」的名場面。

Irene 對著卓華喊了一聲大的：「認真演戲！」卓華那龐大的身軀應著這突如其來的指令，呈現出一副山崩前夕的轟然倒地之勢。

喊聲有些大，把我嚇得抬起頭來。只見卓華一面跪了下來，一面拼了命地朝我使著眼色。輕輕一轉頭，我發現那人影已赫然立在了不遠處，不是兩個，而是三個，手裡拿著羽毛球

拍子——打頭的是《哈姆雷特》組裡的「失蹤人口」王潤玉和Joy，後面跟著一個何志民。

至此，我大概可以揣摩到老三究竟知道了些什麼了。

綵排很是成功。終於一次，我得以心情愉悅地回到了教室——距離下課還有十幾分鐘，看來我可以坐下來好好休息一會兒了。

此時，廣播裡卻傳來了黎興安的聲音，看來是有年級組的什麼通知了。

各位同學，下面播送一則通知。

寒假補課期間，我們高二年級的學生一直刻苦學習，充分利用在校學習的寶貴時間。但是由於某些班級出現了大規模的自習課學生翹課、在操場上遊蕩的現象，給學校管理造成了較大壓力，所以，從今天開始，下午自習課期間，年級組將派值班老師在操場巡查，嚴格查處翹課現象。希望同學們認真遵守校規校紀，在最後的兩三天時間裡充分利用好時間。

通知播送完畢。

在這種時候，教室裡本該要喧嘩起來的，但此時卻冷清得很，因為班上此時並沒有太多人。我就這樣孤零零地坐著，在班上捱到了下課。

這個通知晚自習時再播了一遍。作為班長，沈三知在播完之後又叮囑了幾句，為的便是我們班為數眾多的「劇組人員」

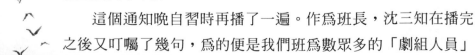

能夠安生一兩天，不要給班上惹出什麼事端來。

第二日下午，我照例先去了老三那邊一趟。Joy 在，而王潤玉還是不知所蹤。老三有些生氣，竟發動我們去幫他把他「走失」的女朋友找回來。我們一群演員相互望著，眼神之間充斥著不解的神色，似乎在釋放著對這種濫權之舉宣洩著出離的不屑。

然而這不屑終歸沒人說出口，相反地，這群方才看來還偉大驕傲的「文藝工作者」們，竟在此時義無反顧地投入了這與搜救犬無異的工作動員中了。

其實老三怎麼不知道她去了什麼地方，在我看來，他只是想搞這麼一齣罷了。

找人的過程順利得有些出奇。與我所想的如出一轍，王潤玉果然在操場上，和何志民一起。只是這次打的不是羽毛球了，而是乒乓球。

老三把王潤玉領回去的時候，臉上皺的像苦瓜一般。想也知道，他內心經歷了怎樣的鬥爭與煎熬。

回班上的路上，他也沒有多說些什麼，似乎在醞釀著什麼大事。

果不其然，他在晚上又站上了講台大鬧了一番。只不過這次不是指桑罵槐式的和風細雨了，我記得，迎面而來的那些激烈的措辭更像是腥風血雨一般。

王潤玉這次卻有些平靜，儼然一副見足了世面的樣子。

窗外的風聲很大很大，卻沒有雨降下來。

（十九）

寒假來臨前的那一天便是話劇表演的日子，臘月廿五，小年已經過了。我記得那天早上有些陰冷，不過大家卻興奮得很——春節將至，大家的心恐怕已經搶先一步回到家中去了。有了話劇的加持，這年味當中倒也有了一股難以流俗的文藝氣息了。

演出算是成功。我飾演的淨是些反面角色，「本色出演」的評價雖不好聽，但也是對我演技的極大肯定了。爲了這事的最後一次奔忙大概是在中午，沈三知請《哈姆雷特》全體劇組成員吃「殺青飯」，據說刁嘯宇、陳仕爲、Tony 等人都會到場，於是我便也去了。

到了中午時分，鰲山上竟已撥雲見日，全然不似清晨那般薄霧冥冥的景象了。

吃飯的地點定在居民樓裡，當然就是老三以前常去的那家館子。到了飯局上，我才知道赴約的只有我一個人。這場面有些尷尬，像是我沾了老三什麼大便宜似的。見我滿面狐疑的樣子，老三陪上了笑臉，一個勁地說著「演出成功」一類的客套話——這分明不像是要推杯換盞的樣子，反而卻像是鴻門宴一般的讓我感到有些壓抑。

嚴格意義上來講，除去老三，劇組裡來的不止我一個人，王潤玉也在，只是我多把她歸爲「隨行家眷」一類，便也不另作解釋。

奇怪的是，今日老三與王潤玉一改往日郎情妾意式的甜

蜜，擺出了一副形聚神離的樣子，彼此之間少了很多互動，甚至連話都說不上兩句。對於他們之間的嫌隙我是萬萬可以理解的，畢竟昨晚剛剛發生這種事情，兩人見氣了倒也正常；而對於他們的關係我又是頗為有信心的，沈三知是鰲中路人皆知的美男子，單憑這張面孔，就算是犯了天誅地滅的大罪，也能夠被女孩原諒成千上萬遍吧。

想到這裡，我的心裡倒也釋懷不少。於是我開始大快朵頤起來，也不多說些什麼。

那對男女還是一言不發，彷彿正上演著一出啞劇。

「來，拍張照吧！」沈三知的聲音終於刺破了這可怖的寧靜。我錯愕地抬起頭，眼前卻是一片久違的陽光明媚的景象。

寒假對於居民樓裡的小餐館而言意味著歇業，為此，餐館的雨棚在這時已老闆早早收起來了。於是乎，這片平地的視野便開闊了不少，若是你站在此處，只需極目遠眺便可以將褐溪城的全貌看個一覽無餘了。

「哦。」王潤玉口中的這個字拖得很長，透著一股慵懶。她慢慢起身向沈三知那邊走去，看表情像是一副極不情願的樣子。

沈三知把手機交到了我的手上，叫我多拍幾張。他在王潤玉身邊蹲了下來，隨即擺出一副經典的剪刀手姿勢。

閃光燈亮了。王潤玉像是要躲閃，微微動了一動，但也沒有起開。於是我又草草地拍了幾張，把手機交到了沈三知手裡。他心滿意足地笑了。

吃完了飯，下午大概上了兩節課，我們便啟程回家。寒假就此開始了。

<h1 style="text-align:center">（二十）</h1>

2018 年的寒假是在鄉下過的。遠離城市喧囂，甚至可以說是有些與世隔絕了。毫不誇張地說，我在這段日子裡斷了與外界的聯繫，同時也胖了幾斤。

好在這寒假不算太久，不多不少只有十天。正月初六返校，美名其曰叫「提前開學」——因為補課的名目已經用爛了，再用恐怕是會要激起「某些人」的憤怒的。

然而鰲中的學生素來有著「光榮的鬥爭傳統」，是不吃這一套的。姑且毋論那些發「補課舉報 ABC」懶人包的學生們，更有甚者居然叫來了省電視台的記者到學校來「暗訪」，被保安攔了下來，搞得這學校頗不太平。整個校園裡都充斥著一股暴戾緊張的氣息。

興許因為是保送班的緣故，我們班的祥和氛圍與外界相比倒也算是迥乎不同的——畢竟是「高素質人才」，我們對於學校行為的不滿最多停留在口頭上——於是課下的高二 15 班成了「嘴砲的天堂」，零言碎語在這裡構成了一條別樣的戰線，也勉強拼湊出一副「一致對外」的光輝形象。

當然，校領導一定不會放任學生來公然反對自己。聽人說，這幾天微信教師群裡已發生了幾場惡戰。交戰雙方自然是強硬的校領導和不服的班主任們，最後的輸贏，其實我也不知道。

在如此火熱的日子裡，沈三知和王潤玉的感情卻不順勢好轉。相反地，他們之間的關係，此時宛如被冰封了起來，絲毫

沒有進展。

　　一天自習課，韓道長突然走進班裡，猝不及防地東拉西扯一通——自然是學習態度、常規管理一類的套話，我們都已經膩到不想聽了。講了約莫四五分鐘的樣子，正當我悶得要拿出字帖的那一刻，他終於拐彎抹角完了，宣佈了那個大消息：換座位。

　　台下一度譁然。我無奈地搖了搖頭，做出一副歷經世事的不屑之態。

　　排位子的任務交給了沈三知。

　　沈三知的行事我大抵是已經摸清了的——他口口聲聲宣揚的是一套「民粹主義」，背地裡為了拉選票，又時常做出一些污人名聲的勾當——這事早就有影子的，只是缺點證據。不過這些日子 Edward 與我說起過他在背後是如何用言語迫害我和刁嘯宇的，所說的每一個字皆為意料之中。我不由得感覺自己與沈三知有幾分驚人的默契了。

　　三五天以後的一節地理課，韓道長以「東北老工業區的興衰」為例講區域發展模式。期間提到了一次「瀋陽」，不知怎的把王潤玉逗到臉紅了。台下一陣起鬨，道長也沒有多說什麼，只是喊了兩句安靜，教室裡便寧靜了下來。沈三知倒是一路鎮定得很，彷彿什麼都沒有發生。

　　這節課很快便結束了。臨行前，道長告訴大家當晚就要換座位。

　　又是一片出奇的興奮。

　　若要我此時也發出一聲感嘆的話，我便要將沈三知的進步誇讚一番了：在班主任的英明指導下，我們的班長竟在短短一個禮拜之內，自力更生、艱苦奮鬥，提前超額完成了排位、製表等一系列複雜工作，彰顯了學生群體的磅礡氣概……

　　到了晚自習，那「養在深閨人未識」的座次表才終於公開亮相。我與刁嘯宇兩個「刺頭」同桌，旁邊「受委屈」的是陳仕爲——陳仕爲是鰲中子弟，作爲關係戶常年包攬我班倒數幾名——如此看來，是沈三知認爲我們「臭味相投」吧。

　　我們後面坐著 Irene 等人一桌，再後面是王潤玉、陳湘等人一桌，與那一桌「隔組相望」的是沈三知、徐驍一桌。更爲精妙的是，沈三知與王潤玉之間僅僅相隔一條走道——我開始拜服於老三的良苦用心了。

✦ ✦ ✦

　　日子又過了幾天。

　　這幾天，沈三知給王潤玉寫了不少紙條，王潤玉卻一張都沒有回。她還是那一副「冰山美人」的形象。

　　老三有些懊惱，但還是一個勁地安慰自己，叫自己慢慢熬。

　　那些日子，沈三知和王潤玉再沒有站在門外談天說地，也再沒有一同下館子吃飯；沈三知也再不會蹲在王潤玉身邊，王潤玉也再不會給沈三知的鐵皮盒子裡塞進一張紙了。

　　現在的王潤玉，時常和何志民站在門外交談。這場景讓散步經過的 Vincenzo 和蜘蛛目擊過多次，來一次便罵一次「姦夫淫婦」。

戀愛本是私事，但面對往日如此恩愛登對的二人徘徊在關係分崩離析的邊緣，大家是心有不甘的。

或許此時的高二15班是最團結的高二15班了，因為班上幾乎所有同學，此時都為這分感情捏著一把汗。

一日中午，一位同學向沈三知問道：「說實話，你老婆和赫本比，誰更漂亮？」

「當然是我老婆！」沈三知毫不猶豫地拍著胸脯道。

周圍響起一片掌聲。

沈三知此時一定非常欣慰吧！

到了晚自習時分。只見王潤玉來到了沈三知的桌前，老三一臉歡喜，輕快地問道：「什麼事？」

王潤玉還是有些怯生生的。她緩緩地開口：「那個……那個……」

「你快說呀！」老三的臉上笑得更開了。

「我……我覺得……我覺得我們有點維持不下去了……」

「所以說，你想分手？」老三怔了一怔，但依舊是輕描淡寫。

「嗯……嗯……」她的言語里似乎還很猶豫，但頭卻已經點了起來。

「嗯」，老三頓了頓，但還是佯裝著輕快的語氣把話說完，「那你照顧好自己。」接著揮了揮手與她道別。

她頭也不回地徑直向座位走去。只是她沒有立即落座，而是和陳湘換了位子，坐到了裡面去。

老三的位子上傳來了抽泣的聲音，繼而是陣陣哀嚎。他的

臉上已成了一片汪洋了。

接踵而至的人群把老三的周圍圍了個水洩不通，他們送來了紙巾、勸慰和祝福。

我愛過一個人，從滿心歡喜到滿目瘡痍。——網抑雲語錄

山芝堂札記

（一）凜冬之歌

不妨把時間撥回到 2018 年 1 月 30 日。

2018 年的冬天很冷，我記得那是下雪的一天，也是鰲中歷史上有重要意義的一天——那一夜的霞園，喧鬧得令無數人歎爲觀止。

從 17 年十一二月起，我就時常在晚飯後到 6108 寢室陽臺上唱些歌，歌曲的名目繁多，有土的，有洋的，但多是些老歌和打點擦邊球的口水歌。寢室裡的都是同班同學，對於這件事也算是默許，一直都沒有提出異議。

這天，我一如既往地在陽臺上唱著歌，絲毫沒有意識到晚上究竟會發生些什麼。

話說自鍾胥國就任鰲中校長以來，原本由學校全權負責的宿舍水電設施轉了承包，本是向社會公開招標的學生食堂也換了老闆——聽人說是鍾胥國從白竺縣中帶來的，反正做出來的菜口味差了許多，還漲了價。

每年元旦前後，鰲中都會舉辦一個越野跑比賽，18 年也不例外。只是這次越野跑在校領導看來卻有些不盡人意，倒不是因爲跑得怎麼樣，而是因爲那天有大批學生在食堂吃到食物中

毒，壞了食堂的「好名聲」。我還記得鍾某上任之初向家長賭誓
發願要辦好食堂、取締居民樓餐飲業與房屋出租業，以實行封
閉式管理、提高升學率的滑稽樣子，如今不過半年便鬧出這麼
砸招牌的一遭，實在是有些可笑。從那時起，我便倚仗著走讀
證的神威，抱著「誓死與居民樓共存亡」的決心，再沒有踏進
過食堂大門一步了。

平時也常常聽到同學抱怨食堂裡吃出頭髮、指甲乃至蟑螂
的恐怖故事，但我也只是聽著，畢竟這樣倒楣的事情還沒有降
臨到我頭上，也實在很難與我扯上關係。

可令我沒有想到的是，在這個大雪紛飛的日子裡，食堂的
飯菜、寢室的熱水竟然斷供了。對於標榜爲「封閉化」的鰲中
而言，這簡直就是將大多數住宿學生棄之不顧了。當然，此時
的鰲中尚未全面掌控居民樓，至少零零星星地搞些貓抓耗子般
的「漏網式搜查」，除去手續齊全的走讀生，其實鰲中也不乏膽
大的、「飛簷走壁」的能人能在此間突出重圍，逃出生天的。

這天的晚自習很是聒噪，然而這種聒噪卻不是我習以爲常
的那種一個班級的小聲叨叨，而是一種近乎震盪的全校的騷
動。在鰲中四年，我沒再見過如此宏大的場面了。

廣播叫了幾次，學生們還是不爲所動，反而更加躁動了。
奇怪的是，這次學校並沒有較勁，倒是擺出一副縱容的態度，
似乎是有意爲之。

後來想想也對。2009 年的時候，鰲中當時也在醞釀要推行
所謂「全封閉式軍事化管理」，結果在開學那天，管政教的副校
長鄭康武被一位花名「雙刀劉」學生刺殺，在 ICU 昏迷了好幾

天，差點傷重身亡——這事曾經上了新聞，對鰲中的聲譽影響很大。如今食堂風波尚未平息，再要出點什麼幺蛾子，恐怕鍾胥國也擔不起這個責任。

10：15 晚自習結束後，我自然是順理成章地回到了家。可是霞園裡，卻是另一番景象。

10：30，住宿生已經悉數回到了寢室，該是宿管開始查房的時候了。但那天卻與平常不大一樣，沒有熱水，自然也不會有人去做泡腳、洗澡一類的蠢事。照常理，此時的他們，不是坐在下鋪的空床上泡腳，就該是在衛生間裡洗澡。

只見霞園整整六棟寢室，陽台上、走廊上齊刷刷地站滿了學生，提著水桶，像是事先約定好了一般。本不明亮的燈光照著他們，令他們眼中閃出耀人的光芒，一如金剛石般澄澈而又堅毅。

窗外的雪越下越大，整個霞園籠罩在一片肅穆的氣氛當中。一切都靜謐得很，山谷間偶爾傳來兩聲犬吠，似是決戰前的插曲。

10：45，宿舍大門完全封閉，宿管要開始正式查房了。平日裡，若是發生了全校性的學生騷動的話，各班的班主任應當也要參與查房的——但此時是寒假，班主任會不會來還是一個未知數——他們似乎在觀望。

11：00，查房結束，班主任終歸還是沒來。這時，一名同學高叫道：「項要回去！項要喫飯！」一石激起千層浪，一時間，整個霞園便翻騰出一股聲浪。幾千個飢腸轆轆又蓬頭垢面（姑且這麼說）的靈魂提著嗓子用鄉音高叫著，兩句口號整齊

劃一又此起彼伏地遊蕩在偌大個霞園裡。

宿舍管理員都是些上了年紀的老媽子，自知憑藉單薄的身板鬥不過這些小青年，也就沒有去管他們。她們的熱水瓶裡、暖壺裡多少還有點早上、中午接來應急的「存貨」，於是她們試圖把這一點僅存的熱水散給要用的人——幾千號人，這點水終究是杯水車薪。學生們倒是一副很有氣節的樣子，並未接受她們的「接濟」，只是禮貌地向她們道謝，接著又投入到他們的「發洩活動」之中。

咆哮並未終止，混亂繼續發酵。有人目擊到高樓層的寢室有煙頭、檳榔渣一類的東西跌落下來，甚至乎還有人看到了閃爍的火光。

一向脾氣親和的阿姨們意識到她們招架不住了，她們的「懷柔政策」沒用了，她們平時照顧的小祖宗們不聽她們的話了。她們當中的一個撥通了校長的電話，用鈴聲把那個老傢伙從暖和的被窩裏拽了出來。

鍾胥國罵罵咧咧地應和了幾句，只是拋下所謂「嚴肅處理」的承諾便掛斷了電話。他在床頭摸了好一陣子，終於找出一副眼鏡戴上，緩緩地翻看著通訊錄，思索了一陣，又撥通了另一個電話。

政教處長王參此時還在學校，準確來說，他這段時間一直常住在學校——他在逸夫樓裡的政教處搭了一張板子床——寒假補課期間，他總是晝伏夜出地遊走在教學樓各處，揮舞著手電筒和金屬探測器，目的便是為了貫徹鍾胥國校長「嚴查手機」的重要決議。

這幾天，他在夜巡的過程中一無所獲。他今天決定犒勞一下自己，偷一天懶，半躺在暖氣加持的辦公室裡的床上玩玩手機。但他的計劃並未得逞，他接到了鍾胥國校長的緊急電話。拉開窗簾一看，遠處的霞園，竟是一片燈火通明的熱鬧景象。

11：15，距離宿舍熄燈還有五分鐘。王參帶著一隊保安來到霞園「清場」了。王參的一聲哨響劃破黑暗，強光手電開始在霞園的樓宇間亂竄，保安拎著警棍衝進了各棟寢室的大門，場面一度緊張起來。

王參站在五棟和六棟之間的空地上，他所面對的是高一高二兩棟男生宿舍的陽台。他的後方是一堵牆，從陽台上望去，他宛如身處羅馬鬥獸場中一般。

他狂躁地吹著口哨，耀武揚威地揮舞著手上的強光手電，多年從事體育教學地經驗使得他精壯的身軀在雪中顯得很是挺拔。

在外人看來，這挺拔的身材應是值得誇耀的；但在群情激奮的學生看來，這無疑是一個好標靶。在 10：20 寢室熄燈的那一霎那，一盆冷水傾倒而下，不偏不倚地倒在了王參的頭上。王參打了一個哈欠，人群中隨即爆發出一陣訕笑。

走廊那邊，拿著衣叉、衣架的學生正與持械的保安鏖戰在一起。據說是保安先動手，拿警棍打了人。聽說在五棟，學生竟以水桶為盾，用人牆將兩個保安團團圍住，最後逼出了大門之外。

「項要回去！項要喫飯！」的口號還是一刻不停地喊著。失去了燈光，一些寢室拿出了手電筒，或是點起蠟燭來照明。

　　忽然傳來一個聲音：「一樓飲水機裡有開水！」不一會兒，便有人用小杯子裝了一杯，又從陽台潑了出去——估計是有哪位奇才提出了冷暖中和的經典理論，想是要讓王參體驗一番「冰火兩重天」的療養大法——不中，王參這次學乖了，並沒有中招。

　　霞園當中還是一片喧鬧，有人敲打著面盆、水管唱起歌來，又有人應和著鼓起掌來。

　　這場狂歡持續到了下半夜一點。我在家中酣睡，渾然不知。

　　第二天早上，我如往常一樣走進校門、走進雛鷹樓、走進了班上。一路上，我被一群黑著眼圈的人遠遠地指指點點，有素未謀面的人向我招手。從他們的議論聲中，我偶然間聽見一個詞——「領袖」。

　　後來有熟人問起我那晚的事，我說我沒有在場、也渾然不知。這位熟人若有所思地朝我點了點頭，我才知道究竟出了什麼事。

（二）妙手回春春不再

　　被人誤封「領袖」之後，我在霞園的「歌台生涯」走得出奇的好，但凡開腔便少不了有人鼓掌、吆喝一類的捧場。為此，我還打出了王未央的旗號來與聽眾互動——畢竟王未央初

中時候在城關煤礦中學可是數一數二的美男，名氣可是響噹噹的——於是乎，每日夜幕降臨前霞園裡便多了一個經典節目，「我是王未央，愛我把燈亮」。

王未央本人是我在振翮樓時的同窗好友，位列「風塵四少」之中，後來學了理科。朴滿走前，他與卓華、段武棣、任啓明等人私交甚篤。對於假冒他的名號在霞園裡唱歌這件事，我去親自問過王未央，他本人沒有太大的意見；不過他當時的女朋友阿慧卻對此頗爲忌憚，一再囑咐我千萬別搞出些什麼桃色事件來。

我起初並不明白這女人爲何三番兩次地揪著「桃色事件」不放，祇是繼續唱著歌，從素不相識的人給我的掌聲中找到一點點虛榮和自信，直到幾天之後陳湘氣沖沖地過來「找我談談」。

陳湘此時正與何志民打得火熱，這樣叫我出去單獨聊天，難免會招來閒話。我叫她講快些，要麼下次再聊，但她卻一臉不悅地要把我拖出去，像是要打我一頓的樣子。

她倒也明白這速戰速決的道理，於是開門見山地跟我說明她不希望看到我再在公共場合冒充王未央，原因是她在外面與何志民一起散步時，被人「惡意羞辱」過。

我這才記起「我是王未央，愛我把燈亮」這句話的出處。據說，王未央在城關煤礦中學的時候與陳湘有過一段熱戀，這段戀情一直持續到了 2017 年初。那時，有人在晚自習時目擊到他們在振翮樓小丘下、圖書館樓文淵樓旁的等下擁吻。「亮燈」的梗便是出自這裡。

出於對王未央和何志民的尊重，我便答應她，以後不再以王未央的名義進行公開活動，而是換一個靠譜一點的「藝名」。這魚換成什麼，自然是要考慮押韻的。在不久後，我便昭告天下，把那句經典臺詞改成了「我是吳春秧，愛我把燈亮」。

我一如既往的在那唱著歌。

大約是在初六返校後的某日傍晚，我的歌聲被一陣不堪入耳的粗話打斷了。這罵聲是從對面五棟的高樓層傳來的。我往回罵了幾句，並在氣急之下約對方出來單挑——在我看來，夜色裡沒有人知道我的確切位置，更不會有人知道我的真實姓名一類的東西——所謂單挑，只是打打嘴砲罷了。

見對方沒趣地停止了謾罵，我便大步流星地走出了寢室，心想什麼事都不會發生。

令我意想不到的是，不知是哪個傢伙出賣了我，我走後不久，便有一群痞子衝入 6108 寢室打聽我，高二 15 班、胡文標這些消息更是一應俱全。Edward 告訴我，當時泡著腳的邱比被他們強令著濕腳著地來給他們開門，這股「黑惡氣勢」硬是從邱比那副來者不善的撲克臉上逼出了一絲順從的笑容。

那一夜，我頗有些心神不寧。

翌日中午，老三叫我和他一起貼牆紙——這是韓道長派給他的任務，我早就應允過他給予協助。

外面傳來了敲門聲，進來的是個矮胖的人，看衣著打扮像是個富家子弟。他知道我準確的消息，叫我出來，告訴我如果有人來找也不要出去——他自稱為頭天晚上來找我的人的探子，又不知為何要幫我遮瞞住。

　　我謝過他，把班上的門鎖了。

　　果不其然，一會兒功夫便來了個三角眼、鷹鉤鼻、尖耳的人，看面相就絕不像什麼善茬，更別提那一身浮誇的假潮牌扮相了。我與他周旋了一陣，卻被他強行帶到了後山工地上，說是讓我來「赴約」的。問起單挑的事，卻是一口一個「到了就知道」敷衍著我。

　　原本我是相信所謂「江湖義氣」的，卻未曾想遭遇的卻是另一番場面。口口聲聲的「單挑」，來的卻是一群「精神小伙」，頭髮的顏色各式各樣，如同走向了一片花田。若不是一個個手上抄了傢伙、身上一副街頭扮相，我還以為進了什麼潮男秀場。

　　「老大，對不住！」見了這麼個陣勢，我慌了神。這哪裡是什麼單挑，簡直就是明擺著要盤我。

　　打頭的站中間，倒不似旁邊的「護法」那麼精壯，講話很直。

　　「你就是那個什麼領袖？」他的口氣倒是挺好，還帶著點尊重的意味。

　　「我不是領袖。」

　　「你唱的歌還挺好聽的」，眾人哄笑，他開始嘲諷道，「保送班的人倒是挺有文化素質的，連罵人都別具一格，讓我有些聽不懂。」

　　我有些納悶，明明是對方先開的口，我也不是有意為之，祇是自然地罵回去。我把這些當作論據一五一十地講了給他們聽，他們卻又一會兒開脫稱「沒有特指」，又一會兒教訓我不要

罵娘的道理。

✦ ✦ ✦

我深知此地不宜久留，便最後與之達成了「不能罵娘」的共識。

這一對一的生死架到最後還是沒打。但我還是很慚愧，保送班出身的我竟然同一群痞子打不贏文筆官司！於是我掏出五十塊錢給大佬買菸，大佬沒收，臨走時反而叫我以後多唱點。

爲了避禍，此後我便再沒有在霞園公開演唱過任何一首歌。

不久，我便親眼目睹到工人在教學區與居民樓間修起一道又一道的高柵欄，從後山一路綿延到學校的陡坡各處，沿途設崗嚴查走讀證。就這樣，鰲中的住宿生大抵與居民樓中的餐飲業、房屋出租業完全隔絕了。

我一直在打聽那個胖子的消息，卻一直沒有回音。直到有一天體育課上，我們班上的一個名叫余心的女孩蹦蹦跳跳地走進教室，興奮地向她的朋友們指認著她新交的男朋友時，我才意外發現那胖子竟成了「15 班女婿」——他叫 Charles，也是沅蘭縣人，算來是我母親的本家。

這段時間以來，沈三知總是給王潤玉寫紙條，而王潤玉卻並沒有給他一點點想要的迴應，相反地，這些紙條她看都不看一眼，大多被她就地銷燬了。

我聽說沈三知有些頹了，便「基於人道主義」地安慰、開導了他一番，其實也不過是「天涯何處無芳草」一類的老套話。但沈三知卻頗爲受用似的像是刻意要親近我，三番兩次地

請我吃飯，我也便見好就收。

私底下，老刁一個勁地勸我不要與老三深交，時常含沙射影地告訴我老三是一個名聲臭了的花花公子；Edward 講得更出格，直接了當地囑咐我「不要成了老三的一條狗」。其實道理我都懂，但我也不願做得太絕，畢竟我得了好處——大家都不會和沈三知撕破臉，不能指望和他混熟一點可以助我成事，但一定不至於壞事——班上的女生對我的臉色看來是好看多了。

2 月分，已經正式開學了，天氣不算寒冷。一個禮拜五，下午放學回家，我在校門口的小吃店裡點單時，卻見那群「花美男」坐在裡頭吃東西。他們注意到了我的到來，紛紛擺出一副餓狼般的嗜血模樣。

為首的一個盯著我的錢包——錢包裡全是散紙，是不夠買菸的——繼而他們盯上了我那裝了幾十斤書的麂皮書包。

他們說話的口氣比那次重了許多，聽來是要打定心思從我這兒拿走點什麼的，一副實打實的潑皮無賴模樣。

我不說話，他們就要我唱歌，高喊著一些獨立於世俗之外的粗鄙之語。

我仍舊不理他們，東西一來便打了包向店外走去，搭了輛摩的回家。

到家後，我聯繫了一位「在社會上頗有聲望」的初中同學替我擺平此事。晚飯後，我一人出去散步，順帶散了會兒心。未曾想，這事竟被家裡人知道了。

我的父親是一名高利貸者，母親那邊是沅蘭縣排得上名的

大家族，自然是咽不下這口惡氣。於是乎，這事「順理成章」地鬧到了學校政教處那邊。

家裡爲此托了年級組和保安隊鄒隊長的關係，在政教處錄完「控方口供」后，政教處王參主任表示「高度重視」，會親自督辦。

原先 15 級 4 班的一位學長告訴我，那群找我茬子的人時常在他們高三那邊晃悠，抽菸喝酒毫不收斂。也不知他哪來的消息，說那幾個人裡面可能還有一兩個癮君子，但家裡後台夠硬，學校不敢動他們。

在鰲中這種省屬重點中學居然也有這樣的事情出現，學長的一席話無疑刷新了我對這所學校的印象。

這事最後是不了了之了，王參老師最後找到我，也只是冷冰冰地告訴我對他們進行了「批評教育」，並沒有做出什麼處分。

從此以後，每天出門前，我的母親總會對我絮絮叨叨一陣，怕我在外在出什麼事。殊不知，我心中對此的恐懼卻一日日增多起來。

✦ ✦ ✦

轉眼間已到了春暖花開的季節。這些日子，老三似是想明白了，沒再與王潤玉糾纏。他最近頻繁地請我去吃飯，令我有些不太習慣。

我的同桌陳仕爲也被沈三知這麼突然地請過吃飯，但是吃了幾餐以後，沈三知便開始忘了帶錢。聽陳仕爲的口氣，像是沈三知有意爲之。

　　但我與陳仕為的處境卻頗為不同。17 年冬天，我與包括沈三知在內的幾位同學在外吃過兩餐飯。每次我都要求請客，每次沈三知都提出 AA；每次都是我結的帳，每次沈三知都沒付份子錢。基於此，我吃沈三知幾餐飯，那是心安理得的——畢竟排擋和飯店的價格也不是那麼相近的。

　　即便是有沈三知一樣的東北大漢與我走在一起，我也並不敢太過放寬戒心——因為我知道，老三這體魄是經不得打的。我老母終日提醒我，在居民樓、校門口等地吃飯一定要保護好自己；於是乎，不知怎的，我在校門口的文具店里陸陸續續地買了幾把裁紙刀。

　　若要說有什麼好事發生的話，那也不是沒有的。在沉鬱的日子裡，我驚奇地發現有一位外班女子常來找老三說話。這女子我有一點印象，卻又說不出在什麼地方見過。經過多方考證，才坐實了該女子的身分：刁嘯宇和徐驍親眼所見，那女子是孟姝，千真萬確。

　　聽過關於她的不少傳言，其中不乏老三的口述——面對世間如此「奇異瑰怪非常之尤物」，我下定決心去探索一番。可當我真正仔細打量一番這女子的樣貌時，我才發現她並不如人們所說的那般美豔：身材不算豐滿，屬於比較瘦小的那種，審美而言，似乎唯有兩條腿看來有「中國傳統式的柔美」——盧琪學姐的腿大抵也是這樣的，沒準沈三知就好這口。再看看面容，憑我的所謂「舊式審美」是全然無法欣賞的——這大概是人們口中所說的「後現代主義藝術」之類的風格，恐怕應當歸入「西式審美」的範疇了。

　　我心裡陡然生出對老三的一些惋惜，明明自己有這麼一副好皮囊，又爲何勾搭上這樣一個「初戀女友」，難不成這世道還有「天鵝想吃蛤蟆肉」的道理？

　　看她天天來，我就把她免俗當作「熟客」，便也不再學沈三知追究所謂「班裡班外，公私分明，內外有別」的規範了。不過，本著「朋友妻不可欺」的社會良俗，我並沒有與孟姝有太多交集——在我看來，他們二人的關係也該到那得以免俗的地步了。

　　一日傍晚，沈三知不在教室，當然也沒有請我吃飯。孟姝來找到我，說要叫沈三知出來，好像我與沈三知眞的很熟似的。

　　我明知道他不在班上，卻偏偏朝著後門惡作劇一般地喊了幾聲「老三！老三！有妹仔來擒衡！」（有女孩來找你）。

　　喊完之後，我感到出奇的舒暢，發現孟姝直勾勾地盯著我，擺出一副社會大姐大的姿態來叫我小心講話。我混任務似的應了兩聲，絲毫沒有感覺到任何不適，不卑不亢地告訴她我會告訴沈三知她來過。

　　在我的目光注視下，她滿意地離開了。我長嘆一口氣，小聲說道：「終於送走了這個磨人的小太妹。」

　　五月初的一天，母親照常嘮叨著送我出了門，未曾想，這天我差點沒能按時回家。

　　這天晚自習，我用裁紙刀裁過紙，順手掛在了褲子口袋裏，爾後如往常一樣去步雲樓廊道接水喝。

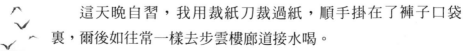

自高二下學期以來，與我們同年高考的高一學生已經遷入了步雲樓。步雲樓與雛鷹樓的每層之間都修了廊道，方便兩邊互通有無，淨水機便擺在這橫貫東西的交通要道上。由於高二 15 班的教室與步雲樓僅有幾步之遙，我們班的同學便常去那邊接水喝，這已成了一個不成文的慣例了。

那天我被一名體育生借了水卡喝水。那人是個體育生，白竺縣人，身高足有一米九，是孟姝的同班同學，先前與我討論過哲學，也借過我幾次水卡，因而與我也算相熟。喝次水不過幾毛錢，我也並不吝惜，便沒有猶豫地借給了他。

打了整整一升水，他沒把水卡還給我，反而要拿我的杯子喝水。爲了不出意外，我忍了。但他更加變本加厲，磕了藥似的精神亢奮起來，說要找人來打我，說罷又叫出了一個一米八多的體育生。

他們又在言語上將我挑逗了一番。

我依舊不願動武，只是希望儘早離開。經過一番周旋，我終於拿回了我的杯子和水卡。正當我準備離開之際，那白竺人卻朝我的屁股上狠狠地衝了一腳。

上課鈴響了，看這架勢卻免不了一場惡戰。我的怒火終於在一再壓抑之下猛烈地燃燒了起來。我低頭，看見藏在褲子口袋裡的那把裁紙刀，便一個勁地抽了出來，蜻蜓點水似地在那高子小臂上留下了一道長口子，庖丁解牛般順暢。

他狂吼著讓我等著，被他的同夥拉著進了教室。

我立即自首了。韓道長問過原委，把我訓斥一番後給我家裡人打了電話，接著又同我到高一年級組去善後。

被我劃傷的那人氣焰極為囂張，擺出了一副受害者式的痞子形象，在我看來有些唬人。

道長雖然平時一副「老頑童」的模樣，但到了維護學生利益的時候，又是一本正經的。

雖然實物證據之於我是不利的，但在處理中，那邊的年級組與道長的口徑卻出奇地統一，我一度占了上風。

後來去了兩趟政教處。政教處裡，那人的嘴還是沒能軟下來，還試圖與我串供。不過他家長像是老實的莊稼人，沒有朝我大吼大叫，也沒有提出什麼賠償要求。

確認此時與我之前的「受難」無關之後，政教處給出的最後結果是各打五十大板式的私下和解加不處分。

處理完整件事後，回到班上，我漸漸平靜了下來——我為自己安度浩劫而慶幸。

但坊間竟開始流傳我「砍人事件」的其他版本，我那至今躺在政教處裡的裁紙刀竟被人偷天換日似的換成了西瓜刀、砍刀乃至青龍偃月刀……有人開始避瘟神似的避著我，所謂「暴力」的名頭加在我頭上像要揮之不去了。

那天晚上孟姝來找沈三知，我本想趁機問問她我的名聲已壞成了何種程度，卻被老三打斷。看樣子他們談得正歡。

老刁把我支開，在我面前賣弄似的將「春宵一夜值千金」這句話玩味了一通。

我識趣地走開，未曾想，他們這一次相見，卻像是永別：那天晚上回家，是沈三知和我，連同我們的一位凌姓好友三個人一起走的。一路上，沈三知罵罵咧咧地說要重新考慮與孟姝

的關係。

我頓時木然了，像是聽到了什麼大新聞一樣地錯愕。

原來，余心因為 Charles 的事情在網上找了老三諮詢，老三直接了斷地告訴她 Charles 就是一個花心富二代。Charles 不知怎的看到了這條消息，以為是老三想挖他的牆角，把他痛罵了一頓。後來，這個消息又陰差陽錯地傳到了孟姝耳朵裡，孟姝找到余心，不由分說地說她是「白蓮花」、「綠茶婊」，把她給逼哭了，這才有了上文中驚人的那一幕。

初夏的蟬鳴打破了暮春的寧靜，不知春天去了，還會再來嗎？

（三）仲夏夜淫夢

2018 年 7 月，我在雛鷹樓四樓最東邊的高三 18 班。

6 月底中考完，照鰲中的慣例該是我們「轉場」的時候了。渾渾噩噩地混完了高二的課程，忽然升上高三令我有些不習慣——雖說是高三，但我們距離高考還有兩年，眼看就要受到高考衝刺下的所謂「魔鬼管制」，與我們同屆畢業的學生卻還在肆意玩耍著，我的心中很是不甘——明明還有大把的青春去揮霍，卻偏偏要在這個山頭提前領略煉獄式的折磨。現在回想起來，大概是所謂「保送生的宿命論」作祟的緣故，我那時已經死心塌地地將自己視為應屆生的一員了吧。

同學們的心理落差似乎並沒有那麼大，這個班級還是一副

一以貫之的慵懶模樣，甚至每天中午晚上圍繞班上電腦展開的娛樂活動還有增無減，逗得應屆班蠢蠢欲動，整日窺探著我們班的動向。沒過多久，「小保班在看些什麼」儼然已經成了四樓的一句流行語。

毋庸置疑，此時的何志民與陳湘正打得火熱——上次調換座位讓他們兩個「逃過一劫」，再一次陰差陽錯地坐在了一起——這應當是韓道長的授意。是他安排了數學偏科的文綜學霸 Murphy 坐到到陳湘旁邊，想讓他從陳湘那裡「偷師」把數學成績搞上去，順帶用他那堪稱嚴謹踏實的學術精神把陳湘的心思收一收。

哪知事與願違，陳湘與何志民的關係非但沒有因為這「濃厚的學術氛圍」而有所收斂，反而將之前曖昧的一面完全褪去，把香豔的一面淋漓盡致地展現在人們面前。此時的他們，已經不僅僅止步於共用杯子、抱著睡覺一類「尚且能為良俗所忽視、容忍」的「有愛互動」了，時常上起演當眾親吻的激情戲碼。甚至乎竟有人几次目擊到陳湘坐在何志民的腿上，將一副活色生香的樣子肆意袒露，毫不在意外人的眼光。

Murphy 人稱「廖主任」，像是個老古板式的讀書人，自然不會摻進這種事。所謂「主任」實為調侃，眾人都知道他是歷史奇才，便以「未來的褐溪學院歷史系主任」作戲謔之意。

廖主任還是每天重復著自己的獨立學習，埋頭做著題目，既沒有從陳湘那邊獲取到一點點數學指導，也沒有用這種名叫「刻苦鑽研」的鎮靜劑把何志民、陳湘二人冷靜下來。他詐死似的噤聲。

但何志民的同桌卓華對此卻頗有微詞，這個表面上遊戲人生、愛講幹話的富家子弟深感自己的學習受到了影響，再無法忍受他們兩人明擺著的熱戀，一怒之下向韓道長提出了意見。韓道長有些尷尬，一次又一次地告訴他，自己會為此全權負責。

也不知是卓華終於忍不了了，還是韓道長終於忍不了了，終於有一天中午，韓道長戰戰兢兢地把陳湘叫了出來——陳湘是尖子生，照常理，是萬萬不會享受如此禮遇的。但沒過多久她就回來了，一臉無事的樣子，倒像是不戰而勝。

此後，陳湘像是與韓道長打成了一紙心照不宣的協議，在公開場合變得低調了不少。她倒也不是要放棄與何志民的關係，而更像是想要避嫌：他們把約會的場所放到了文淵樓。那裡的迴廊曲折陰暗，在暑假空無一人，正可謂是「親熱天堂」。

一天中午，在眾目睽睽之下，他們手拉著手走出了教室，接著又迅捷地下了樓，徑直地走進了文淵樓。外面的太陽似火一般劇烈地燃燒著，顯得有些奪目——目光從教室裡向外投去，將這一切照得一清二楚，但又恰到好處地落在他們的背影之後。

他們在樓裡，對我們的觀望一無所知。

我們在班上，對他們的激情視而不見。

然而這緘默的天平並沒有平衡太久，過了幾天，他們走後的教室裡又是滿城風雨。各路消息四處橫飛著，甚至透過不透風的門牆，流轉著飄忽到了班外。

終於在某日，老刁的聲音將我從午睡中驚醒——他指了指

窗外，我看到陳湘和何志民從文淵樓出來，兩個人看來都有些凌亂——外面下著大雨，風很大，沒有打雷。天有些陰沉，看來是颱風來了。

老刁提出要與我次日中午去文淵樓「探姦」。

我抱著玩味八卦的心態答應了。

翌日，見陳、何二人走遠，我與老刁便出動了。這一回，我們是做了萬全準備的——文淵樓裡的校圖書館在暑假期間還保留了自助還書業務，我們便打著還書的旗號去那兒，有我們手上上下兩冊《莎士比亞全集》爲證——當然這事也是漏洞百出的：稍有常識的學生都會知道，假期借還書在鰲中是一件很折騰的事情，因而也少有人會在這時候突然造訪文淵樓。

踏入文淵樓的那一刻，我們警覺地脫下了涼鞋拎在手上，把書放在了大門口的臺階上。

我們兵分兩路，走兩路不同的梯子上樓，步子很輕，生怕打草驚蛇——但這還是不夠的，因爲這棟樓有五層，總共有三趟樓梯上下——於是我們臨時劃定了搜查範圍，我從下到上，他從上到下，對於每一層進行「地毯式搜查」。

到了三樓，我聽到了一些不同尋常的聲音。聲音不大，但在原本安靜的環境下極爲清晰，貌似是吸吻。

我站在樓梯向樓內拐角的隱蔽處仔細聽著，抬頭看看，刁嘯宇正從四樓下來，下了半層。我向他打手勢叫他停住腳步，他蹲了下來，屏住了呼吸，欣賞音樂會一般地露出一張享受的笑臉。

那聲音並沒有持續太久，轉瞬便化作一片急促的腳步聲。

　　我與老刁對視了一眼，又心照不宣地一笑。帶著幾分遺憾，他用唇語緩緩告訴我：「胡文標，收隊。」

　　我們在原地休息了約莫一兩分鐘，穿上鞋，走出這棟樓的時候沒再遮遮掩掩了。

　　放在樓外階梯上的書看來是被翻動了。裡面被人夾進一片葉子，從頁邊伸出，大概是在《仲夏夜之夢》附近。

　　待我們回到班上時，他們兩個卻還沒回來，這次若有若無的冒險歷程倒也只能算是傳奇故事了。

（四）仙樂飄飄處處聞

　　話說還在高二下學期那會兒，鰲中搞了個名叫「火紅青春」的合唱比賽，我和沈三知「通力合作」過一次，擔任我班曲目《少年中國說》的兩位男領唱。那場合作不算太有成績，但還算是比較融洽，至少沒在班上起什麼大的衝突。

　　轉眼已到了下半年的秋冬季節，九月底運動會一過，次年元旦左右的文藝活動便又被提上了日程——不得不說，鍾脊國校長的做法實在是高明，用這虛晃一槍的雕蟲小技，不過兩年便讓這兩年新入學的鰲中學生徹底淡忘了校慶的日子——對於校方，這樣的操作想必是極好的，因為這樣一來，可以省下校慶那天報銷給食堂的一大筆餐錢，順便壓一壓學生當中「對於與學習無關的社團活動的過度幻想」。

　　至於文藝活動，該是文娛委員負責的事情——上半年那次

「火紅青春」便是兩位文娛委員，Joy 和 Ivy 一手操辦的，效果尚可——但這次是元旦節目，據可靠消息，「比鰲中歷史上舉辦過的任何一次集體活動都要更加規模宏大」。這一次，韓道長卻直接授命沈三知和 Yvonne 兩位班長全權負責，倒也算是應了景。

我記得 Yvonne 大概是高三開學左右時履新的，是個身材出挑、人緣極好的女孩子。她原是班上的生活委員，兼管財務一類雜項事務，因其效率之高而廣受好評，被韓道長親自任命上來的。

照老三的設想，這次活動的籌辦分工該是簡單明瞭的——老三負責男生招募，而 Yvonne 負責女生招募，萬事齊備得很。

可真正臨到了要「招工」的時候，事情卻絕非老三所設想的那般容易：照校領導的意思，這次是個大場面，我們高三 18 班作為小保班（非應屆保送班）中唯一的文科班，總得拿出點什麼撐場面的東西來。換而言之，就是要我們班出兩個節目了。至此，這計劃必須做出點什麼改變。

那幾日沈三知上網的頻率明顯高了，他總想找點什麼新花樣，物色個大製作：他相中了一首歌曲串燒，套的是《Shape of You》的曲子，叫做《十六首歌的時間》——這自然不是他的原創，而是網紅的作品——於是乎他又去整了一套「杯子舞」，顧名思義就是拿杯子來打節奏，「手腳並用」的效果倒也為這節目增添了不少趣味。

再看看另一邊的節目安排，情況便是迥乎不同的：鑑於去年元旦晚會咱們班搞得是歌舞一類，這樣的傳統便被他們沿襲

了下來——這次我們有的是機會，攬下開場舞應該不算過分。因此他們這邊做的就是多找一些會跳舞的同學，挑首有表現力的舞曲了。相較於沈三知，效率可謂是大有迎頭趕上之勢。

　　沈三知為了這事找了我來，或許是上次的合作使然，又或許在他看來，我像是在這些方面愛出風頭的。他想讓我來一段《我的滑板鞋》的 rap——這首 12 年的歌在我看來有些年代久遠，是首「舊金屬」音樂。難得有他的這般盛情邀請，我便一個勁地應允下來，也找了些影音資料去排練了一番。

　　約莫是在一個深秋的下午，是一節體育課，下過一點小雨，天氣有些濕冷。我與刁嘯宇、何志民、陳仕為等人在小賣部邊的小球場踢足球——到了所謂「高三」，足球這類運動倒也成了稀罕事物，在我們幾個當中算是少有的解壓方式。

　　我還記得，在那場我做的是守門員。雖說是同班同學玩玩的友誼賽，踢得不算太過激烈，但我卻破天荒地守住了幾個球——這對我而言算是挺大的進步了，至少我捨得用頭、手和軀幹去守球了。

　　我出了點薄汗。怕把衣服弄髒，便一股腦地把上衣擰了下來，掛在球門上。這時，陳湘卻不知從何處緩緩走來，不一會兒功夫便出現在球場邊的鐵欄門前。至此，陳湘與何志民尚未分手。

　　球場上的眾人屏氣凝神，場面一度變得有些尷尬——我一絲不掛的上身倒是其次，聽說最近午休時常有人看到王潤玉撫弄何志民的頭髮，陳湘對此是知道的，但一直不過問——我們

為何志民捏了一把汗。

見陳湘來了，何志民二話不說就跑了過去，絲毫不顧球場動向。他伸出了手，一把抱住了陳湘，順著她的髮絲上下輕掃著。

陳湘的眼眶紅了，淚水打著轉子，卻沒有跌落下來。全場的人都在一旁觀望，表情木訥地像一串雕塑，腳下的戰役在此刻竟順著時間凝固起來。

一陣風吹過，雨點又開始打了起來，汗液蒸騰的那股熱浪就這樣被一把撲滅了。我撿起衣服，往身上一件件地套了起來。

這時，沈三知恰到好處地趕了過來——他是來撈我走的——他在振翮樓鼓搗了一間空教室，打算搞個「海選」。

我很納悶，人都是沈三知一個人叫的，何來「海選」一說？

地面很是溼滑，但老三並未與我多解釋就已經趕著我上道了。回頭看看那片綠茵場，場上的人依舊木然地淋著雨。我發現自己頗有幾分當年葉志超「狂奔五百里而逃」的英勇之勢了。

等到了振翮樓的時候，我看到十幾號人密密麻麻地在樓裡樓外杵著站著，倒也像海選那麼回事。老三招呼我進了一間教室，在講桌面前蹲了下來，把一台不知從哪借來的手機交到我手上，叫我「接線」。

我遲疑了一會兒，終於明白了他的意思：他要我找到這間教室音響系統的外接線接到手機上來放 BGM。說實話，我對振

翻樓的設施並不熟悉，只能信撞似的亂試一通；但轉念一想，眼前的這個人可是當年鹿中有名的物理小王子，接線一類的事情又如何不能做呢？

想歸想，手上該做的事還是做著。過了良久，我確乎找到了那根線，但由於音響年久失修，外放效果奇差。我徐徐地站了起來，搖了搖頭。

「好吧，就這樣。」老三極不情願地說道。

這時，Candy 拎著手機走了進來，老三立馬迎了上去。

「妳來得正是時候！」借過她的手機，老三就直接打開了音樂軟件，嫻熟地放起了 BGM，毫不避諱，又好似提前串通過一般。

「胡文標，你去幫我叫一下他們進來。」

外面等候的人一擁而上，差點把門框擠了個粉碎。沈三知提出了一張桌子，一人端坐在一旁，擺出了一副公司招聘面試的樣子。

「不要急哈，一個一個來，一人唱一段。」他的語氣又分明和緩得很，與他那威嚴的領導姿態形成了引人發笑的奇妙對照。

我佩服自己排在最後一個的冷靜與理智。當我目送著他們一個個離去的時候，我知道，老三一定會給我個痛快的答案。

「請開始你的表演。」

隨著他的一聲令下，我開始遵照著他的意思唱了一段《我的滑板鞋》，接著又自作主張地來了一段《全部都是妳》和《Shape of You》——這些內容在原曲中都是有的。

但是他的臉色卻不大好看，嘴裡止不住地品評這我的唱法：「我要的是華晨宇版的不是龐麥郎版的」「求求你別把唱得那麼騷」「這他媽的是印度口音吧」……

我在一旁可謂是洗耳恭聽，最後竟然等出了一句這樣的話：

「那段 rap，我其實已經給花姐了。」

他爽快地說出了這句話。

對於這句話，我倒不覺得非常的錯愕，卻覺得反而十分在理：花姐確實有這股英姿颯爽的氣質，能夠駕馭得住這種場面，加之她也練了不少，與我的漠不關心相比真可謂是大勝一籌了。我作為花姐的朋友，也是完全可以認同的。

對於這樣的「處分」，我同樣非常爽快地接受了。

這件事情至此大抵就與我沒有關係了。

大約到了要穿厚棉襪和雪地靴的季節，北風已經颳得很烈了。

這段時間以來，沈三知還是拉我在他們的 cast 裡處理一點雜務——當然，我做了幾回便推託著走了。我對於與之劃清界限的大膽嘗試，可謂是極為努力了。反觀一向以來明裡暗裡與老三劃清界限的 Edward，卻在這拼盡全力加入的團體之中表現得很是賣力——照他的話來講，「這應該是我們班最後一次大型集體活動了，我得好好珍惜一下」。

我十分尊重他的決定，也與他在飯點時分時常講起——此時我的走讀證已被學校莫名其妙地「綠轉黃」了，換而言之，

我就此被困在學校食堂，與居民樓中的餐館無緣了——一聽他講起在cast中的種種無奈，我便苦笑，有時安慰他，有時也揶揄他「心為形役，落入苦海」。他對此總是滿不在乎地自我安慰著，似乎在孤獨之中找到了一座寶島一般充滿希望。

某日上午第四節課，兩班人馬趁著自習的間隙出去排練，卻因為重複人員脫不開身的問題起了點矛盾。老三在外面和對面的 Joy 和 Ivy「講道理」，聲音特別大，在教室裡也能聽得一清二楚。

一個瞬間，門外穿出了抽泣聲，Joy 忽地從教室後面破門而入。她跟人說著什麼，彷彿在傳達著什麼神奇故事。

坐在一旁的刁嘯宇打啞迷似的推了推我，問我 Joy 是不是很聽老三的話，我不語。

這時，我看見我們的數學老師、總務處許主任把頭從前門探了進來，繼而又縮了回去，順手帶上了門，又叫人把後門鎖了起來。

有坐在窗邊的女生好奇地扎著堆探出頭去，卻又受了魔怔似的立馬關上了窗戶窗簾。

一切都來得太突然，在我看來有幾分魔幻。

窗外，一個熟悉的聲音蓋過了沈三知的咆哮——他的氣息漸漸平穩了，放低了聲音，抽泣聲也順勢停了。

終於，沈三知在老許的看護下從前門走了進來。Ivy 從後門走了進來，眼眶通紅。

老三又把雙手撐住了講臺，開始發言——不過這次的發言，是一次公開道歉。

　　台下議論紛紛，據說，沈三知推了 Ivy 一下，至於怎麼推的，我也不得而知。

　　那天中午，Ivy 請了個假，不知是去醫院檢查還是回家散心療養。舞團裡的 Yvonne，因爲「兩邊挑」的緣故，要去沈三知那邊排練。因此，舞團那邊空了兩個位子，沒法練習隊形變換。

　　演出將近，此時不練萬萬不可。Joy 找了我和南天戈過來站位，我們無事，便也應允了。

　　那天中午不知是下了點新雪還是打了點電子，我們在逸夫樓一樓假山魚池旁的小塊空地上看得一清二楚。在我們看來，這大概就是初雪了——這個冬天的初雪來得眞早！

　　至於這場演出，到後來是派頭十足的，沒有辜負眾人的期望。

　　結束後的第二日晚上，Edward 神神祕祕地給我看了一個胡里花哨的杯子，上面密密麻麻地寫著名字。Yvonne 簽名的左下方、Edward 簽名的右邊，赫然寫著「唐毅清 Abraxus」的字樣。這手秀麗的字我當然認識，百分百出自沈三知之手。

　　Edward 滿臉狐疑地望著我，又轉爲滿臉壞笑地逐個音節地唸了出來：「Ah! Bra! Sucks!」

　　未等他說完，我就已經大笑起來。

　　說實話，我還滿喜歡這種惡趣味的「翻譯」的。

（五）不和諧驪歌

2019 年 7 月初，高三 18 班。

高考過了，終於成了名正言順的應屆高三，咱們班的番號還是高三 18 班沒變——聽韓道長說，這是往年鰲中文科重點班的慣用番號，再用一年討個彩頭——但我們班的教室搬到了雛鷹樓東座四樓的最西邊，這個位置離韓道長（連同其他科任老師共用的）辦公室最近，當然也是韓道長一手置辦的。

作為保送班，就算遇上再差在不抓學習的高三年級組，學校也總是要來點「政策傾斜」的。我們這屆當然也不例外。19屆文科保送班在高三本是凱歌高奏，儼然一副力壓群雄的態勢，鍾胥國校長把寶狠狠地押在了他們身上——可偏偏又爆了冷，全市前十占了七個，卻沒拿狀元，也沒有清華北大——據說他紅了眼，為了這事把幾棟教學樓的牆刷成紅色「沾沾喜氣」。當然，落實到我們頭上的還多少有點「實質性政策」，那便是假托「高三文科資料室」之名的我們班的自習室了。換而言之，我們班有了兩個教室，還是靠在一起的。

這「故弄玄虛」的事情我原本以為是不要緊的，可事實證明，我大大地失算了。先是同學們為了哪個教室作課室，哪個教室作自習室一類的問題吵得不可開交；再是其他班學生端出「資料室」的名頭與我們班大打出手，搞得沈三知和 Yvonne 連夜發表「主權聲明」。總之一句話，進了真正高三的門，還沒專心坐下學習，抬頭一看就已經成了一片旌旗蔽空般的紛亂戰爭景象了。

　　六月以來，韓道長來班上來得比較勤，刨去三軍陣前所謂關懷鼓勵的客套之辭外，還多了些激將似的鞭策：「全校都在看著我們班」「玩了三年了，奮鬥一年又如何」「縣區中學今年很強勁，要拼贏他們還得加把勁」「高手過招，分分必爭」……類似的話語從他口中說出來的並不僅限於此，雖日日聽著有些煩躁，但在我看來，老師帶來的這股上進像是一個喜人的跡象。

　　班上同學們的學習勁頭確乎是高了，早讀來得更早了，中午也鮮有早退「搶食」的現象了，到了晚自習，刷題的氣氛也更加濃郁了。若是要引經據典的話，我恐怕會將韓戰時日本財閥的那句「神風又刮起來了」搬出來。

　　這樣的大好形勢持續了兩三天，弊端便暴露了出來：早自習成了補充睡眠的最佳時期；中午放不成新聞，時間全被綜藝、選秀霸占；到了晚上，咱們班更是成了歌舞昇平的「不夜城」，聊天的聲音好幾次把巡查的校領導引來駐足觀看。當然，就更別提「小保班在看什麼」這種我們一以貫之的「傳統藝能」了——對於此，我的想法很簡單：大家只是累了，還沒好好適應高三罷了。

　　可是這所謂「造化」總是偏離我的所想，有些人對於綜藝、娛樂的狂熱竟已到了一種如火燎原般的可怖境地。終於，在某個放肆的中午，有人占據了講台與電腦，有人挾持了鍵盤與鼠標——在毫無預警的情況下，作為電子教具管理員的我徹底失去了對局勢的控制。

　　「你們還要看到什麼時候？都十二點半了，還有十分鐘就午休了。從現在開始看新聞，看個半小時就一點了。下午還要

不要上課？」我開始向他們發難，有幾分惱羞成怒的樣子。

「馬上了，馬上了。」有個女生敷衍了我兩句。

「馬上是多久？」我立即反問道。

「我們又不會看太久，再說…」又一個女生擺出一副想要「法外開恩」的樣子望向我。

「再說什麼？韓老師他老人家今天可是在這裡的。」

在屏幕上點著的幾雙手還是不為所動，它們的主人甚至有些吝嗇給予我哪怕是一個正面的眼色，坐著抑或是站著，貫徹著緘默法則。

我打算放出 Alt+F4 的大招，卻不見電腦鍵盤的蹤影。我拍著講桌發了問，台下的人卻還是自顧自地說笑著，彷彿站在上面的是一團空氣。

面對此情此景，我胸中的怒火順勢燒了起來，腦中飛速運轉著，無數種軟的、硬的、雅緻的、粗魯的話語飛掠而過——若我不管，是我瀆職；若我要管，我已盡責——還記得港劇《巾幗英雄之義海豪情》中有這麼一句話「當呢度遊樂場啊？啊！咁中意玩啊畀你玩啊！」於是我用國語將其化用了一番，撂下一句：「那今天老子就不放新聞了！我胡文標今天陪你們玩個夠！」便佯裝瀟灑地向台下走去。

台上密密麻麻的人當中或許有一兩個回過頭來看了我一秒，沒過多久又投入到緊張刺激的休閒娛樂中去了。他們大概是聽懂了我說的每一個字，對我的英明決定很是感激吧。

上課鈴響了，我們班還是一片靡靡之音、輕歌曼舞的景象。我在位子上坐著，一旁的刁嘯宇正與陳仕為耳語著。

一點差一刻，屏幕上還是選秀節目。我剛想埋下頭去，企圖用午睡將我從這心力交瘁中解脫出來，卻未曾想立馬被老刁叫了起來。老刁和陳仕爲將我拉扯著扶到了門外，一同來的還有卓華和 Samuel。陳仕爲告訴我，鍵盤一定在 Irene 或是她的哪個同桌手裡，這是他親眼所見。

教室裡的音箱依舊轟鳴著，年級組巡查的老師走過，要求我們趕緊進到教室裡面去。

我們沒有照辦，反而是在經歷了一番說辭之後又開始低聲耳語，最後一致決定去尋求韓道長的幫助。

走了兩步便到了辦公室，道長雖靠在躺椅上，但至少還沒有睡。讓我們慶幸的是，我們的袍澤當中又加進了兩位——Edward 和 Murphy。韓道長的接待還算熱情，在眾人一致的口徑之下，不過三言兩語，便把事情交代完畢。

「我們班的人，確實有點野啊」，道長歎了口氣，接著翹起了二郎腿，擺出一副輕鬆的表情安慰我們說，「沒事，有你們匡扶班紀，一切盡在掌控。還有什麼問題嗎？」

我本想就此離開回去「清場」，卻不曾想有人眞就順坡下了，陰森森地說出一句：「班上的風氣是不太好，班幹部有些不太作爲，拉幫結派的事情也時有發生。」

緊接著，眾人竟開始七嘴八舌地說了起來，話題也寬泛得很，大體上還是圍繞著班級管理的。

不知怎的，沒過多久，這話題的中心竟莫名其妙地轉移到了沈三知的頭上：

「沈三知這個班長撈著管事，自己又做不好。」

「他只要溏到人，不太管正事，有點自由放任。」

「他好像有點針對 Tony，以前還明裡暗裡地大講刁嘯宇和胡文標他們的壞話。」

「Yvonne 的辦事能力咱們有目共睹。當然，我們也看得出來，她好像有些心有餘而力不足的樣子。但這個沈三知有點抓著權力不放的味道……」

莫非真的有人想趁老三中午不在，「謀權篡位」不成？

此間的火藥味極重，熏得我和老刁有些汗涔涔地喘不過氣來——回想起口水仗中，我們也並未三緘其口，只怕為了一兩句話再遭無妄之災啊。待　一聽罷，道長拍拍胸脯向我們做出了「包在我身上」一類的承諾。踏出辦公室，已是一點四十，距離上課只剩下十分鐘了。

可到了下午，我們的消息似乎就已暴露出去。

難不成出了什麼內鬼把消息放了出去？

說來恐怖，你一言我一語，這消息傳到 Yvonne 的耳中，居然被歪曲成了我們說 Yvonne 是花瓶。

惡毒的流言繼續發酵著。在人們的口中，「花瓶論」的創始人一度由我變成了 Edward——我在想，我們的所作所為究竟是私人洩憤還是公事公辦，換來的究竟是秩序還是一紙罪狀。

自習課上，韓道長走進來大發雷霆，憤青似的將班上人痛批了一頓，「整風」的話說得有些難聽；接著，他又把兩位班長、一位副班長叫了出去。

不等他摔門而出，回頭一望，怒目圓睜的人們像是要開殺戒般將我們一桌死死盯住。正所謂「冤有頭債有主」，看來這

「忤逆民意」的血債是要首先清算到我們三人頭上來了。

老三回來了，一進門，他便向我徑直走來，抓住我的衣領問我在韓道長面前究竟說了些什麼。我自以爲無可掩飾，便直白地將所謂「自由放任論」全盤托出，並告訴他我的言論也僅限於此。

看來他沒想太追究我。他只是丟下了一句「我這叫全靠自覺」的申辯，告訴我「你要不出來道個歉吧？」

「爲什麼道歉？我得罪了誰嗎？」我發問。

「是，你是沒得罪誰。但現在，班上的女生恨不得生啖汝肉。」

見我還是塊朽木一樣不太明白此中眞意，老三又開了口：「你就說，雖然當時你管不住了，但你也不該把事情鬧大。懂不懂？」

聽了這「苦口婆心」的一番話，我自然是明白該怎麼照他說的去做了。

推開後門右望，Tony 還在老韓辦公室裡，Yvonne 卻在辦公室門口哭了起來。

✦ ✦ ✦

晚上。Edward 又三番兩次地找到我抱怨，叫我替他洗脫罪名。我應允了他。

之後，在沈三知的陪同下，我上了講台，親自將我孜孜以求的正道之光埋入了墳場。

整個演講不算屈辱，是以一句耍寶的「預祝大家新年快樂」結的尾，大家聽來臉上似乎舒緩了許多。

　　等我下台，陳仕爲冷冷地對我說了一句：「你倒好，成了個和事老。我們就不要做人了。」

　　老刁叫我不要把陳的話放在心上。他還告訴我自己已經拿到了一個名額去衡江中學委托培養，此後一年這個班級出了什麼事都與他無關了。

　　我將《夏威夷驪歌》抄給了他：

　　遠山浮雲變成晚霞，夕陽像燦爛娟紅紗。小牧童兒催著牛羊，成群結隊趕回家。樹林中倦鳥，聲聲叫著，睡睡睡著了。晚飯已做好，炊煙散盡，你們歸去吧！

　　往後的幾天，是颱風天，是大雨天，是洪水天。在這片滔天濁浪、連綿陰雨之中，我的這位老友終於飄向了北方。

石楠花之戀

孤獨寂寞，威嚴莊重，索然無味。——石楠花語
背叛的愛。——歐石楠花花語

（一）

2020 年 1 月 4 日，鰲山。

話說去年八月中旬，刁嘯宇走了——真就照他說的那樣一路北上，去了衡江中學「委託培養」——可令人意想不到的是，當時和他一起走的還有陳湘這個「玩得很開」的女學霸。不過她在那邊呆了不到一個禮拜便回來了，回來之後，她和變過個人似的拼了命地學習，從前那些兒女情長的事情被她一股腦地拋在腦後了。

我曾一度傷感道：這個班級茶餘飯後的談資，恐怕又要少一點了。

此般臆想之後很快便被證明多餘。當某日 Charles 站在我們班門外，托我把余心叫出來的時候，我就知道，這片「風流道場」上的奇聞逸事遠沒畫上句號。

經打聽，Charles 高考成績並不怎麼樣，但他沒有復讀——

他家裡有的是錢，隨隨便便把他安排進了秀江市的一所警校，據說還是出來就有工作分的那種。畢竟是在省內，他只要一有空便會回來探望余心的，所以在此後的一段時間裡，我便幾次充當了他的門童。

這日是鰲中一年一度的越野賽。不過，這比賽也算是「命運多舛」，好不容易逃過了差點被取消的厄運，卻又因「安全原因」大幅縮短了賽程。總而言之脫不開三個字：不夠味。

比賽歸比賽，Charles 不知從哪裡打聽來的消息，這天再一次溜進了學校——我在跑步的時候好像看到了他。他那時並沒有找余心碰頭，而是在校園裡自顧自地溜達著，一直捱到晚上才出現在我們班門口。

晚自習放風時候，我從班上走了出來。他沒再和我打招呼，而是自己在窗了外面踮起腳來，輕輕地招呼著余心出來。

他提了一袋子東西交給余心，繼而又與她談了幾句。遠處的我停駐了腳步，仔細研究著他們會面的這一幕——畢竟這樣「勁爆」的場景在我這個清心寡慾的高三苦行僧看來，不是時常能見到的。

我的視線直挺挺地打在了二人身上，此時，他們身上的每一個毛孔都活靈活現地袒露在我的面前。

Charles 的臉通紅的，嘴裡呼出的熱氣散落在寒冷的空氣中，在教室走廊微弱的燈光下卻清晰可見。看樣子他一定是凍壞了。不過還好，他又胖了許多，想必是秀江那邊伙食不錯——轉念一想，有了如此雄壯的軀體，他應該是不冷的。他在言談中慢慢地露出了笑容。

再看看余心，神色似乎有些失望。臉上脂粉打得很厚，瘦小的身子上披掛著不下三四層厚重衣物，與歐美時興的 oversize 風潮頗有幾番神似。

已是臘月，外面的風聲有點大，令我無法聽清他們對話的內容。不過，這個姑娘對於男友的「突然造訪」似乎有些不悅，沒談兩分鐘便「關門送客」了。

當然，也可能是我多慮。外面太冷，Charles 是外人，也不便堂而皇之地進到我們班上來。這樣解釋，倒也合情合理。

目送著 Charles 離去，我去上了趟廁所。回到班上時，只見余心的身邊被一群女生團團圍住，七嘴八舌地聊著，聲音一度拉得很高。

我本想走過去一探究竟，卻立即被余心的一句話震懾住：「我要把這條圍巾做成抹布！」

眾人也一同怔住。待到人潮散去，威風的她突然一把癱坐下來，趴在了桌子上。

她轉過頭去，不知為何與坐他後桌的沈三知攀談起來。他們兩個講得很有勁，全然不似剛剛那副尷尬場面。

約莫五分鐘後，余心的臉上似乎舒緩了不少，她徐徐地站起身來。

沈三知開了口，說道：「要不，我們出去走走？」

她點了點頭，於是兩人一同從後門走了出去。

見到此情此景，我不由地也跟了出去。

我看到，沈三知走在她的身後，竟把雙手伸到了她的帽子後面，貼在了她的背上。

等到上課鈴響的這一刻，我又在門外看見他們兩個走了進來。

老三依舊沒有收手。

我不由得打起了哆嗦，一股寒意從腳底簇擁而上——究竟是今年的冬天真的這麼冷，還是老三的手真就這麼怕冷？本著「格物致知」的態度，我試著將雙手貼在自己臉上。一股刺痛立即滲入到我的臉中，與此同時，體溫也如涓涓細流般慢慢進入了我的手裡。

我大概是悟了。

晚自習繼續。今天是作為勞動委員的老么 Edward 值班，他和以前一樣神祕兮兮地告訴我 Charles 送了一條圍巾給余心，余心說要剪成抹布的事情。

一切是我親眼所見，在我聽來自然不痛不癢。於是我只是嗯嗯地草草附和了幾句。

他的興致依然很高，又把余心作為鄉姑娘「不食人間煙火」「不懂抹布材質」等等奚落了一遍。

我聽完笑了笑，指了指講臺讓他回去。

下了晚自習，在我下山回家的路上，沈三知又神祕兮兮地找到我講話。

「今天，我勸了余心和她男朋友分手，她答應了。」

此言一出，我感到十分錯愕。於是我發問道：「是那個叫 Charles 的？」

「對，沒錯」，他說來很是輕鬆，「就是矮矮胖胖的那

個。」

看來他是做足了功課的。但我還是不明白，他的這一出究竟是爲了什麼。我繼續發問：「你爲什麼要勸分他們呢？」

「因爲……因爲 Charles 他是個渣男……他對余心不好……」這一回，他說得遠沒有方纓那般果敢了。

「哦！」我有些不好說話了，在一旁輕輕呢喃道「寧拆十座廟，不破一樁婚」之類的話語。

老三好像有些難堪了，壓低了聲音：「你可千萬別把這件事告訴他哈！他在社會上可是認識人的……」

我告訴他 Charles 對我有恩，不過，我還是將著保守祕密的活兒給包攬了下來。

走出校門，我與老三話別。走出幾步，我的嘴裡溜出了一句「呸嘛」，直言晦氣。

冷風還是吹著，我擦了擦額頭，汗流了一手。

（二）

2020 年 1 月 21 日，臘月廿八，鰲中高三放假，距離高考還有 138 天。

1 月 24 日，除夕，距離高考還有 135 天。

1 月 27 日，正月初三，應屆保送班預定返校時間。受 COVID-19 疫情影響，返校取消。距離高考還有 132 天。

2 月 14 日，正月廿一，情人節。余心生日。距離高考還有

114 天。

2 月 28 日，鰲中高三線上百日誓師大會。距離高考還有 100 天。

3 月 17 日，雄州省教育廳原定開學日期，跳票。距離高考還有 82 天。

3 月 31 日，國家教育考試院公佈 2020 年普通高等學校招生全國統一考試推遲至 7 月 7 日、8 日。距離高考還有 97 天。

4 月 7 日，鰲中高三年級復課。距離高考還有 90 天。

大概是一月底二月初的一天，沈三知半躺在床上，百無聊賴地刷著手機。床頭櫃上放著一打錢，這是他的壓歲錢，剛從紅包裡拆出來，具體有多少他也沒有數。

雖說假期延長了，但他怎麼也高興不起來：疫情來臨，褐溪早就封了城；這還不夠，聽說家裡那邊新出了疑似病例，密切接觸者很多，就連家樓下的小巷子，也被封得嚴嚴實實的了。外出需要社區開具通行許可證，還有警察、居委會和志願者在個個路口輪流值班。對於沈三知來說，他自然也知道，自己是沒法四處去消遣玩樂了。

他轉過頭去看了一眼那打擺放整齊的鈔票，嘆了口氣。他放下了手機，一把拿過那堆紅色的東西，開始點了起來。

一張，兩張，三張，……，一共二十張。

「兩千塊！」老三猛地驚叫到。他自然是不缺錢的，他也清楚花錢的快感——當然，區區兩千塊，在他的進賬裡也就是冰山一角罷了。

　　但是隨即他又悵然若失了起來。疫情當前，就連快遞都歇業；各處封路，這錢大抵是進不了銀行戶頭的；至於線下花銷，那就更無從談起了……他開始思考哲學問題，思考著這些印著精美圖案的紙張意義究竟在哪裡，思考著貨幣的起源，思考著剩餘產品與剩餘價值……

　　頭腦風暴之後，他餓了——他想，自己應該是不能思考這麼高深的問題吧——不過還好，門外「開飯」的聲音為他扳回一局。補充體力！晚上等著他的是一場激戰！

　　飯罷，老三馬不停蹄地打開了電腦。點開遊戲，卻發現原計劃的「公會活動」已經取消了。

　　他的嘴角向下撇了撇，「哎呀，算了」，光標滑向了屏幕右上角的一個紅叉，畫面隨即又回到了桌面。他打開了一個單機遊戲，又開始窩著鼠標、敲打著鍵盤，一頓擺弄起來。

　　時間過去了大概一個多小時，他倦了，便又起手去關閉這遊戲。像是老天聽到了他的呼喚一般，嗡的一聲，他的眼前完全黑了下來——停電了。

　　「淦！還沒存檔！」他沒好氣地哼了一聲。

　　在黑暗裡，老三憑著記憶緩慢地挪動著身體，終於在床上摸到了那塊屏幕——這是他的手機。

　　解鎖的工程並不艱難。不錯的，他在這茫茫的黑暗中總算找到一個光源了。

　　「電量 33%，還可以撐到睡覺！」

　　嫻熟地打開數據流量，他又在無聊地翻看著消息。

　　窗簾外也是一片黑燈瞎火。樓下，居委會值班的人們零零

星星地打著手電，這大概就是附近一帶僅存的一點點燈火了。

「在這暗夜之中，大概沒有人會來找我吧？」老三如是想。

於是他打開了 QQ。他打算在上面再碰碰運氣。

徐徐點開聯繫人，映入眼簾的便是一團黑白色。想來也對，在這個時候，大家都在做著自己的事吧。

但老三並不死心。他看到有一個圖標閃爍著，腦袋裡便浮想聯翩了起來——是 Joy。

他使勁記起她的樣貌，繼而憶起她的身材。腿很細、很白，和孟姝、盧琪一樣，是他喜歡的類型。

他不自覺地嚥下了口水，不知是不是想到了《三國演義》中「望梅止渴」的典故。

他毫不費力地點開了聊天的頁面，未等自己回過神來，便在屏幕上留下了一句「在嗎」。

無人應答。

老三癱在床上繼續等著。他發了些汗，於是把棉襖脫下放在床頭。

還是無人應答。

他還在緊張地盯著這塊屏幕不動。他看來有些焦躁，於是又耍寶似的拋出了一句「新年快樂」，不知是剽竊我的創意還是剽竊朴滿的創意——當然，寬鬆來講這也不算剽竊，畢竟還沒出正月。

依舊無人應答。

他要徹底放棄了。手機電量還剩 3%，不知不覺間，電量已

經幾乎消耗殆盡了。他決定去隨便聽幾首歌，看幾條新聞就躺下去睡覺。

他終於按下了 Home 鍵。

正當此時，手機的提示音響起，看樣子是 Joy 給他發消息了。

「謝謝」

「晚安」

就這？老三感覺很不好受。低頭一看，手機震了一下，然後就黑了——電量不足，自動關機。

他冷笑了一聲，很不情願地鑽進了被子。他很快就睡去了。

在他睡熟后的不到一刻鐘後，街邊的路燈又掃興地亮了起來。只可惜他已無福消受這個「回魂夜」了。

（三）

2月7日，殷歷正月十四，禮拜五。

沈三知還是半躺在床上。說實話，他已經大半個月沒有出門了。

此時，距離鰲中既定的開學日期過去了太久太久，眼看著高考臨近，校領導們終於明白這樣下去不是辦法，於是乎便搞了個平台開網課。如此一來，沈三知流轉於吃、睡、玩三者之間的枯燥生活像是要到頭了。

　　不過，得益於鰲中師生「建校以來的反叛精神」，這「線上教學」看來也是頗為閑暇的：一天上一節課，　個禮拜上六天。就算是加上各班老師自行安排的課程內容，每日的學習壓力也不算是太重的——我甚至可以每天騰出時間來完成一套文綜試題。

　　宅在家裡的日子有些煩悶，於是乎時間過得很慢。除了街上宣傳車用高聲喇叭播放的「坐到屋裡苦不苦？想想紅軍二萬五。在家時間長不長？比比當年張學良。有喫有喝有網絡，再坐幾天也不忙。為國分憂防傳染，也跟自己省錢錢。」之類的防疫標語之外，恐怕大家真的很難再在這片沉鬱的氣氛中找到一絲能夠解憂的東西了。

　　日復一日的居家生活，不容樂觀的防疫形勢，前赴後繼的救援歷程……老三若有所思地看著床頭櫃上的那打錢，再看了一眼微信錢包的餘額，緩緩點開了一個頁面。

　　他在武漢市慈善總會捐了 50 元。這大概是他新年以來的第一筆花銷吧。

　　他截圖發了朋友圈。

　　我點了讚，在微信上問他如何捐款。之後我也捐了 50 塊。

　　時間來到了 2 月 14 日，這一天是情人節。

　　學校安排的課是上午 11 點開始，一直到中午 12 點。在此之前，我們班還額外安排了一節語文課，是 9 點到 10 點。說實話，這上午的時間是不大好安排的。

　　老師們早也沒料到這個假期竟會被拉得這麼長，寒假作業

本來沒有佈置多少的；事到如今，增補作業便成了家常便飯，而這「千里傳音」的艱鉅任務便落到了微信的頭上。於是乎，我們又可以堂而皇之地端起手機了。

早晨 8 點，聽說英語新發了一套聽力資料，我趕緊下載、打印。放下手機，剛想按下鎖屏鍵，揚聲器裡卻傳出 QQ「特別關心」的提示音來。

這個時候找我的該是誰呢？我下意識地點開，卻發現是刁嘯宇——想必他也沒能順利回到衡江開學，依然被困在褐溪這個鬼地方吧。

他發給我的是張沈三知空間的截圖。點開一看，上面是一群黑人小孩，手上端著寫有「余心生日快樂」的黑板，看樣子是視頻截圖來的。只見截圖下方還附著一句老刁的留言：「老三又搞些什麼幺蛾子？」

火急火燎地進了老三空間一看，果真如我所願，是時下流行的「黑人小孩舉牌視頻」。這短短一分鐘的視頻，照公價，恐怕得花掉老三一百多塊的鈔票了——不過在他看來，應當是不甚在乎這點小錢的。

中午時分，偶然間我又瞄到余心空間裡的一條說說，「今天是我的十七歲生日，我要十七個情人不過分吧？」

沈三知在下面按了讚。

晚上再與老刁聯繫時，他沒有多講，只是回覆了一句神諭一般的祕密話語：「他又要開始了。」

而我卻牛頭不對馬嘴地接上了一句「未曾設想的道路」。

（四）

　　話說到了三月分，咱們學校就下了血本升級了網課平台。如今我們還是一個禮拜上六天課，只不過一天要上起碼六節，一節一個小時。再加上無限疊加的作業以及隨時可能出現的線上考試，我們好似又回復到了那種一天腦力勞動十幾個鐘頭的緊張生活中去了。

　　刁嘯宇依舊沒有回衡江，據說他們那邊是要四月底才能開學復課的——爲此，他對「鰲中重光」的消息極爲振奮——振奮得略帶一絲嫉妒。不過他的生活也不算清閒：早上七點到晚上九點，不間斷地開著視頻會議寫作業。要放在我身上，恐怕是難以接受的。

　　4月1日，愚人節，距離高考還有 96 天。

　　昨天教育部下發了延遲高考的通知——選擇這個日期，據說是爲了刻意避開愚人節的。可是鰲山中學向來是不信這個邪的，這不，今天一早便放出了 4 月 7 日復學的重磅消息。順帶流出的還有所謂「疫情期間封閉式管理計劃綱要」，看樣子，這一回鍾脊國同志是要大幹一場了。

　　微信班級群裡，韓道長一遍又一遍地宣布著所謂政策。看樣子，這封閉化管理，我們是萬萬沒有徇私舞弊之方法的——學生們不經感嘆：鍾脊國兩年沒做成的事情，讓一場疫情給促成了。

　　坊間偶有消息傳出：據說是隔壁班班主任「默許」了校內租戶的走讀行爲，隔壁的隔壁也是如此。有的家長吊著一線希

望去向韓發問，得到的都是統一回覆：消息眞實性存疑，本人不做解釋。

得！走讀三年半的胡文標先生，如今眞的要「入住霞園，感悟鰲中」了。未經太多思想鬥爭，我坦然接受了這一結果。

不過有一說一，學校有一點還是做得很人道，那就是讓我們原走讀生自行組隊，或兩人或三人，入住一個寢室——這斷然不是鍾胥國同志的本意，而是防疫工作使然——往大了說是減少接觸，阻斷可能存在的感染途徑；往小了說，便可以直截了當的解釋爲「鍾胥國同志不想擔責任」了。

安排宿舍的事情馬上被提上了日程。韓道長給了個 deadline，讓我們在 4 月 2 日晚七點前在 Yvonne 處完成入住登記，逾期不報將由學校隨機安排。

消息一出，老三便向我投出橄欖枝，邀我與他同住。

我沒有當即應允，卻向他提議，把 Murphy 拉過來同住。他答應了。

中午時分，我在 QQ 上聯繫了他，沒有回信。想來也是，被稱作「廖主任」的 Murphy 是不常上網的。於是我叫老三也給他發消息。

到了傍晚，終於收到了廖的回音。他說他和徐志豪早有約定，目前看來，似乎難以與我們同住了。

我對他的話理解得很是充分。在我看來，這個沈-胡-廖的「神聖同盟」就這樣被扼殺在襁褓之中了。就這樣，在當晚南天戈對我發出組隊邀請時，我便二話沒說地答應了。

可是當南天戈把我們的「最終解決方案」報到 Yvonne 那裡

去時，卻發現老三已經把我的名字和他報在一間宿舍了——Yvonne 對於這種情況表示出十分的疑惑，這令我有些尷尬。

接著遭遇的是怒不可遏的沈三知。

他先是大罵「標哥，你這樣搞我不好吧」，待我交代完廖主任的迴應後又怒斥「小廖真不是人」，最後一來二去，我與南天戈得出了一個折衷的方案——吸納沈三知進入「同盟」。

沈三知得知這一消息以後，語氣頓時和緩了下來。

在 Yvonne 處完成備案時，已是晚上十點以後了。像剛剛完成了一個偉大創舉一般，我發瘋似的嘆氣、狂笑了一陣，繼而沉沉睡去。

距離開學只有一個禮拜了。

（五）

4 月 7 日。返校日。

說實話，這個寒假來得快，但走得實在太慢。年級組本來信心滿滿地以為進度不用趕，文綜、理綜在上學期不必練，可到了現在，該是全部落空了吧。總而言之，這一切的一切，都與這 COVID-19 脫不開干係。

不過好在，這混亂的一切都在此刻慢慢恢復過來。當我們開始踏上返校歸途的這一刻起，我們這註定不平凡的名為「高三下學期」的卷軸終於攤開。

收到的通知要求我們錯峰返校:「高三 17、18 班於上午 9:00 至 9:30 分別經由一、二號門檢疫入校。」如此胡里花哨且效率低下的通知一定不會出自鍾胥國校長之手——仔細一想,這種可能性也不是沒有,畢竟鮮血淋漓的疫情擺在眼前,出了一點小事便釀成了天大的錯誤了。此間不乏好事之徒嘲諷道:學生福祉竟真有一天與鍾胥國的烏紗帽、聚寶盆緊密聯繫在一起了。似乎年初的復讀班學生跳樓事件就此煙消雲散了⋯⋯

上午 8:45,距離正式的返校時間還有整整一刻鐘。此時的我已經出現在鰲中的校門前了。

只見大門緊閉,唯有兩側保安崗亭旁的小門半敞著,外面搭著寫有「體溫監測」字樣的深藍色帳篷。校門外,警察、醫生嚴陣以待,行政幹部、年級組老師分列兩側——除去迎接重要領導「蒞臨指導」的情況,這種架勢我是從未見過的。

時機未到,說實話,我有些忐忑。原本說 18 班的學生是走二號門進入校門的,但當我真正走到那裡時,我卻被保安同志親切地引向了一號門。

我有些疑惑。走近一號門,我看到了一張熟悉的臉孔:那是我在振翮樓時的生物老師廖劍。他那時還很愛講葷段子,如今卻憔悴了不少。我問他能否提前入校,他告訴我隨時歡迎。

於是我扛著大包小包過了帳篷,身上沾染了一股厚重的消毒水的味道。

東西很多,入校時雖有志願者幫忙搬運,但他們並不負責把行李背上鰲山、送入霞園——這樣的活只能自己上場。

我把一些東西隨地放下,開始了我艱難的第一趟。

第一趟搬的是行李箱和被窩鋪蓋。東西很多、很重，等真正搬完第一趟的時候，已經是九點以後了。當我拼盡全力上山，又在霞園前的陡坡「急轉直下」之時，我看見沈三知正與花姐一同從霞園走上來，有說有笑。

「標哥，你幫一下沈三知吧。他還有一些東西放在二道關沒有拿過來。」花姐向我如是說。

「行吧，等我先去寢室裡放下東西。」

「行。」

看過花名冊，我所在的寢室編號為 6311，依據霞園的編碼規則，這個寢室便是在六棟三樓最西邊——好在是六棟，進霞園後只需右轉，至於下坡則無需多勞。我扛著行李火急火燎地跑上三層，往地上放下，便又向外跑去給老三搭把手。

還好，老二的東西不算太多，我僅僅是幫忙提了一個袋子。袋子是紅色的、羊毛質的，表面略微有些起球，在不顯眼的位置上有一處勉強可以辨認的字跡「NGAN CHAK DESIGN」，看上去是個貴東西，卻又經不得污糟；物件很大，但卻不重，想必是吃食一類。

此後的幾趟往返之間，我注意到了六棟外的一棵石楠樹。樹不過四層樓高，枝椏不少伸進三樓西面樓梯口旁的過道裡，在咱們寢室門前便有很大一撮。

如是那時有閒心的話，我或許會說一句「真是有緣」，當然也可能是「就怕它開花時候味道太沖了吧」。

✦ ✦ ✦

搬完東西，已是中午十二點了。期間上山下山來來回回運

了三趟，最後一趟南天戈搭了把手。我很慶幸自己帶的是涼席，攤開不需要太長的時間——毫不敷衍地說，它幫了我大忙。當我們終於得以癱坐在某處稍作休息之時，身上已滿是混雜著消毒水、酒精和汗液的奇怪味道了。同樣的味道出現在食堂裡，與食物的味道交織在一起，流浪在空氣之中。

但想也知道，在鰲中，我們學生是少有喘息的機會的——至少在鍾胥國校長在時如此——原本兩天的開學考試竟在這時被壓縮成一天半了。

下午的考試令人有些不適。倒不是這題目有多難做，而是這口罩實在有些惱人：姑且無論這將耳背勒得紅腫的嚴密設計，單憑這口鼻中透出的水汽在眼鏡片和口罩內壁上凝結的水霧，便可將我捉弄得滿臉惡臭了。

考完兩堂，已經將近傍晚六點了。距離晚自習開始還有半個小時。草草地扒了幾口晚飯，我便又回到班上去了。不用說，如此疲憊的一天下來，我是再無心學習了。

當十點一刻的晚鐘敲響，我終於得以拖著這副軀殼勉強挪回到寢室。我已經累得走不動了。這是我在霞園過得第一夜，和沈三知、南天戈在一起的第一夜——從某種意義上來講也是他們的第一夜，畢竟他們也太久沒有在這片傳奇的土地上住過。

一分鐘草草沖了個涼，花了一毛五分錢，洗完衣服已是十一點了。當我從陽台上掛完衣服出來時，南天戈剛剛進到廁所洗澡。這時，沈三知冷不丁地冒出一句「我不知道 Charles 為什麼這麼會照顧女孩子」，把我忽然怔住。

　　見我這副不解的模樣，他又擺出一副「拋磚引玉」的姿態說道：「我其實喜歡一個女孩子，但是不想說出她的名字……」

　　我似乎明白了些什麼，猛地想起寒假刁嘯宇說過的種種，繼而又想到班群裡偶然的一次「龍王之爭」（龍王，指 QQ 群聊中單日發言次數最多的群組成員），莫名其妙地打了一個寒顫……「十七個情人」的說辭還歷歷在目，黑人祝壽的視頻可謂「風骨猶存」。無數線索湧入腦海，剎那間，我似乎知悉預言已然應驗，脫口而出便是「余心」。

　　說時遲那時快，老三偏就沒給我這個聰明的機會，拋出一句「但我不想讓人知道」把我的嘴瞬間堵住。我不屑地斜了他一眼，一句「這不是明擺著的嗎」便從我的口中傾瀉下來。

　　老三歎了口氣，「癩蛤蟆怎就吃了天鵝肉了呢」。這般言語似是有些答非所問。

　　接著，他又開始授課一般循循善誘地抱怨起來，嘴裡振振有詞道：「余心，是我們班最會打扮的女孩子，沒問題吧？」

　　我點了點頭表示同意。

　　「Charles 又矮又胖又醜，怎麼就偏偏追到了余心呢？」

　　我沉默著。

　　他又接著說：「聽說他是個富二代，不過看他這樣子衣品也就一般……不過，他在秀江又找了個女朋友，一米七幾，很漂亮……」

　　我開始有些不耐煩了。

　　老三還在滔滔不絕著。

　　不知是何種神奇力量發生作用，南天戈偏偏在這個時候出

浴了。沈三知一定是察覺到了這一點，立馬收起了方才的那股狂熱，把話題硬生生地給轉移了。

「標哥、Samuel 哥，我們來健身吧！」

未等南給出答復，他便自顧自地演示起了動作，很是殷勤。

這股健身的後浪跨越的寢室熄燈的 11：20，大概延續到了下半夜。當我氣喘吁吁地爬上床時，又是滿身臭汗的窘迫樣子了。

我躺在床上，場外微弱的燈火在我的眼眶中打轉。我並不關心這光亮究竟來自幽壑還是山巔，只是在這個微光中，慢慢地暫時失去了挪動四肢的能力。在這股混沌之中，我的第六感告訴我，這一定不是一個尋常的開始。

（六）

第二天的考試就這樣渾渾噩噩地混過去了——可想而知，睡眠不足外加缺氧的我是如何艱難度過這一天的。然而還不夠，到了晚上，我發現這晚睡的惡習竟要成爲常態了。

話說那日下午，當我考到只剩下一科時，我決定用這段考試間隙時間去上個廁所。考場在一樓，因而，上行成了我的唯一必然選擇了。

稍有常識的人都會知道，從一樓上到三樓是必須要經過二樓的。開學考試的文科考場都分佈在一樓和二樓，因而我與熟

人碰面的幾率是極大的——這或許是句廢話——雖然與我們「同進退」三年的 19 級學生早已畢業，但我的圈子卻不僅限於此。這並不是我近年來「廣交狐友」之後果，而是初中時太過張揚的下場。我在昌中待過兩年，那時，我的的確確是一個愛好交際的人，曾經憑藉著豪邁不羈的言行一度成了校園網上論壇裡的紅人……當然，那些都是往事，可壞就壞在昌中的舊相識到了鰲中仍在傳播著我的威名，使得我在這鰲山上碰上了許多「與我熟識的陌生人」。

新進到一樓與二樓交接的位置，我扶著把手繼續上行——19 年年初的時候，我在一個下雨天連摔兩跤，從此左膝便落下了在潮濕天氣時常刺痛的毛病——可是，這天明明是豔陽高照的，我的左腿卻不爭氣地犯起病來。

我聽見了什麼聲響，回頭一看，卻沒有什麼東西掉下來。看來是我多慮了。然而，當我轉過頭去時，意外發生了，我的眼睛居然被一個一閃而過的影子給震懾住，心臟開始劇烈地抽動起來。

我原來是沒有這種「疾病」的。

當我回過神去，我才在記憶中緩慢揀出那些許的東西，東西不多，但不知怎的被我刻進了反射弧裡去，以至於我剛剛像一個戒毒成功的更生人士不經意間飲了一口「神仙水」一樣反應劇烈。

我告訴我自己，「她回來了」，還不忘多加兩句「她胖了」之類的話語聊以自慰。

我決定晚自習放風時候去找她。

我的願望順遂得很快。晚自習放風那會兒，我無所事事地倚在走廊上，手上把玩著一對橘子，她拎著杯子從我身旁走過。

我迎了上去，喊了她的名字，並把手上提著的橘子徑直放在了她的杯子上。

她似是坦然接受了我這唐突的舉動，還不忘回頭問候道「沒想到戴了口罩你還認識我」。

整件事情花費了不到一分鐘的時間，可謂是出奇的順利。美中不足的地方也有，就是被一旁的 Edward 完完整整地看在了眼裡——隔著口罩，我依然得以明辨這位老友的爽朗笑容。

✦ ✦ ✦

晚自習結束了。沈三知作爲室友，頗爲自覺地跑過來要和我一起走——看他的樣子自然是極其得體的。

方纔與我「照會」過的女生此時在我面前經過，與我打過招呼，還不忘說了一聲謝謝。

至此，老三的神志已經逃不過他敏銳的目光了。他開始捧出了年輕男士都會玩的這一套說辭，向我揶揄了幾句諸如「下次讓我把把關，看看那個女孩是否漂亮」的話語，老練得很。

不用說，到了寢室，他又開始盤算起他的「千秋大業」來——他的目的很單純，那就是讓余心小姐高興。當然，這種事情是要集思廣益的，於是乎，他就硬生生地將我和南天戈拖拽進這場驚天惡戰裡來了。

他對於這件事是有誠意的，不然他不會如散財童子一般從他紅色的羊毛包中掏出一樣又一樣的食物交到我和南的手上——

──不過他也明確地表示要把自己的大部分零食留給「小余同學」，讓她「開開葷」──不得不說，在「物資匱乏」的封校期間，掌握了食物就是掌握了命脈與人心。在口腹之慾面前，我們不得不向老三低頭。

正所謂「食色性也」，將我們的腸胃通通籠絡過一番後，老三不可避免地講起了他的情史。譬如和孟姝分手時「情至深處，潸然淚下」的場景，再如與王潤玉交惡前，何志民是如何挖他牆角的故事……他的口中時而發出銀鈴一般的爽朗的笑聲，又隨時可以演繹出聲淚俱下的控訴。

任由他這麼講完一通，到最後，我居然聽見一句「我這都是作出來」的總結──這是我意想不到的，在他這般連珠妙語的浸淫之下，我居然猛地感覺同他找到了出奇的共鳴。

老三只是自顧自地講，我和南天戈並未多言。南半躺在床上默默地端著一本書，若有所思地點頭或搖頭，彷彿遊離於三界之外一般。

老三似乎對我的情史很感興趣，堂而皇之地向我問起放風時那個女孩的事情。我只是提了一句她的洋名叫做 Emily，與我之前有些交集──老三有些不屑，告訴我他從刁嘯宇那兒聽過我與她的故事。

我並不想與他交代太多，便也學著吹了幾句牛皮想要滿足他那獵奇的心理，最後也學著得出了一個「光榮」的結論：「她被渣男傷害過，是我沒有保護好。我現在不想對她動感情，或許只是想把她當做姐妹一樣去愛護，想在暗處去關心她、保護她。」

　　我親手了結了這番對話。

　　熄燈前，老三還不忘給我來個貼心的「睡前問候」。他問我，是不是喜歡 Irene。

　　我躺在床上，前言不搭後語地回了一句：「我學過 PUA，有情感上的事情可以幫你。」

　　Samuel 早已沉沉睡去了，他剛剛看的那本書還放在枕邊。

　　這個夜裡，我毫不費力地得到了些回憶。一種說不出的預感縈繞著我，讓我有些難以入眠。

　　難道說，老三他又要開始了嗎？

　　毋庸置疑，他又要開始了。

（七）

　　近些日子，沈三知迷上了跑步。他不僅自己要跑，還時常拉上廖主任、南天戈等一大堆人一起跑。毋庸置疑的是，我也在他「跑步活動」的邀請之列。

　　從前也和老三吃過不少飯，我記得他以前像是很能吃的。到了這疫情期間，韓道長也三番兩次地交代過「室友之間要相互照應」，於是我、南天戈便與他餐餐聚在一起，還險些觸犯到了校園防疫的所謂「科條」——令我們十分驚訝的是，本就因物資匱乏而縮水的飯菜，到了老三盤子裡竟每次都只消耗完一半——即便是放在我和南這種食量不大的人身上，大抵也是不

夠的。

　　至於健身，那更是堪稱老三生活中的一大新動能——聽說他從過年開始，一直 KEEP（一款健身指導軟件）到了開學。到了宿舍裡，起初是晚上一人健身，偶爾教我們一些標準動作，而後竟不論傍晚還是晚上使勁邀我們作陪了。

　　問起他為何一時之間變得如此 energetic，他的回答是一句乾脆的「據說余小姐喜歡有點肌肉的男孩子」——這種原因我是百分百可以理解的，但是一想起 Charles 那副彌勒菩薩一般「心寬體胖」之形象，我又會不明所以地忍不住笑出聲來。

　　終於在某日，經歷過老三的軟磨硬泡，我同意跟他去操場上「走走」，說白了便是跑步——我對於這項運動並不抵觸，只是，他「一行六里」的要求對我有些苛刻。除了我，這次被拉來的人還有一個 Murphy「廖主任」。

　　「也罷，算給他個面子」，我在操場上慢慢跑著，嘴裡吐著一些髒字，絲毫沒有跟上沈三知的意思——看他的影子，早已跑到跑道的那一頭去了。一旁的廖主任本就是個文靜到有些書呆子氣的學院派，自然也是不會那麼勇武地比拼速度的，他與我跑的速度差不多，卻早已一聲不吭地咬著牙關喘起了粗氣。

　　我還是放鬆地跑著，眼看著老三已經快要超我一圈了。

　　這時候，老三從我的身邊飛奔而過，直奔主席臺。他並沒有與我打招呼的意思。

　　我把目光向他的軌跡投去，卻看到他的速度明顯地慢了下來，在主席臺前面側著腦袋低速地跑過。在某一個瞬間，他毫

無徵兆地把雙手舉了起來，在空中比劃出一些常人無法理解的奇怪動作，好似諜戰片裡交換密報的奇異場景。

我繼續跑著，模仿著老三方纔所達到的「巡航速度」，以一種應急式的迅猛掠過急彎，沿著賽道筆直地向前狂飆而去。主席臺旁的階梯上，我瞟到了一眼余心的影子。

「我的猜想沒有錯。」我告訴我自己，進而直衝出了跑道。

發了瘋似的狂奔回到寢室，推開門，老三不在——他的三千米肯定還沒有跑完——不過可以肯定的是，我雖然沒跑多遠，但周身已完全浸沒在汗水之中了。我沖了個涼。

我沒和他一起吃完飯。

到了晚自習前夕，我看見沈三知紅光滿面地徘徊在教室後門，手上提著些什麼東西。只見他與余心打過招呼，將手裡的東西遞了過去，接著又舉起了手抖擻了一陣。

聽人說沈三知送給余心的東西是奶茶——彼時尚在封校期間，要搞來這種東西，想必是花了大功夫的。

時間來到了晚自習結束後。

到了寢室裡，沈三知卻滿臉愁容地拍著大腿，與傍晚那股心花怒放的模樣可謂是迥乎不同的。

沒等我問他原委，他便親自招供，言語懇切地幾乎可以用卑微形容。他說：「我是不是完了？」

我十分不解。在我看來的「大有進展」，又怎能突然變成「遲早要完」？我把疑惑公然寫在了臉上。

他告訴我，晚自習的時候，他向余心那邊一連穿了四張紙

條，沒有迴音。

我告訴他，余小姐這個時候或許在忙高考的事情吧。

就這件事而言，他看樣子像是舒緩了一口氣——畢竟大家看著他目前「垂釣」的情況，都抱著挺大希望的。不過，他像是刻意要擺出一副謙恭的姿態，繼續把那句「都是我作出來的」搬了出來。

對於他這種突如其來的謙恭，我感到一絲不適。出於對室友的關懷，我還是用《謎男方法》中的「扮孔雀」理論給他強行解釋了一番，告訴他充楞裝傻並不可怕，只要能讓女孩子開心、對你有新鮮感就好。

若有所思地點了點頭後，老三還是忙於發問——看來他可真好學——他接著說：「我感覺自己做得太過，像是自導自演一樣。」在他看來，和孟姝分手的原因在於向她負能量，和王潤玉分手則應該歸因於自己脾氣太重。

他說了很長一通，總結能力可謂是令我無比佩服。可當我真正要回答他的時候，竟一時語塞了。

我想過片刻，告訴他萬萬不能腰桿挺得太直做直男，也切忌失去一身傲骨做舔狗——這句話聽來頭頭是道，明眼人都知道，對任何事而言都是全然無用的。

但在這個時候，沈三知卻如獲至寶似的謝過我。我有些慚愧，心想著「補藥怎能救人」的道理。

只聽他喃喃自語道：「我不如試著扮孔雀吧？」

燈泡在這時候識趣地黑了。

（八）

「余心怎麼這麼可愛？余心怎麼這麼可愛？」

每次一推開寢室的大門，映入我眼簾的便是一副沈三知坐於窗邊痴痴呢喃的景象。在我看來，早已是見怪不怪的東西了。

南天戈的外公先前是鰲中的老師，在家屬區裡有套房——這套房子後來流轉到了他的一名舅舅手上——疫情前他常住在那兒。他還有一名舅舅承包了食堂，同時在我們許老師手下做過總務處副主任——年初許老師升了副校長，這哥們兒也就順理成章地榮膺主任了。

有了這兩層關係，南天戈順利「推病」爬圍牆回家住了一個禮拜——他的身體確實羸弱，這我當然是可以理解配合的。每次宿管阿姨來巡夜的時候，我都會假託他在廁所、陽臺或別的寢室等地。

不過最近他又回來了，聽說是他自己要回來的——也許是哪個關節沒打通，也許是宿舍有意見。回來了也好，這樣一來，便有了多一位朋友爲我承擔一些曠日持久的「精神攻擊」了。

這天是南「回家」的日子——距離他初次「歸省」也有些時日了，因此我和老三都很興奮。我還特意囑咐過老三，要好好搞個歡迎活動。

結果不出所料。當晚南天戈進到寢室的那一刻，所見的又

是與平日無異的老三的「經典劇目」——「余心好可愛」。

對於我來說,這樣的句子自然是見怪不怪,但是仕南天戈看來大概是一個新鮮事物——他露出了一副充滿疑問的表情。

正當時,老三二話沒說地擺出了一張寫滿「嫌棄」的臭臉,把那副帶著三分陶醉、七分寵溺的表情瞬間壓抑了下去。他開了口:「難道說自己喜歡的女孩子可愛有問題嗎?」

宿管阿姨來查房了,我去應了門。見南天戈回來了,阿姨便與我們二人攀談起來——她該是聽到了些什麼風聲,竟拉開戰線同南大聲攀談起來,言語之中有肉眼可見的火花徑直地摩擦出來。

我們自然是無心戀戰的。送走了阿姨,還從她手中「繳獲」了一把瓜子作為「戰利品」。

南天戈似是自討沒趣地拾起衣服進了衛生間——想也知道這樣接二連三的「熱烈歡迎」是不太得體的。

當水聲奏鳴、霧氣從陽臺一側的衛生間窗戶升騰而出時,老三開始拿出他的手機KEEP了——這手機他從返校起便一直帶在身上,之前幾天大多借給余心玩了。不出奇地,他健身又邀上了我。

寢室裡一點點輕微的運動自然是盛情難卻,加之有了「專業人士」的傾情指導,我的拘謹與推託相較於之前算是少了許多。

沒一會兒,他就暫停掉了健身視頻,開始與我談起Joy的事情。

「Joy 這女孩子,還是家教太好了……」他徐徐開口,說出

了一句這樣不明所以的話。

「怎麼了？」碰上完全不懂的事情，我自然是要問個明白的。

「我寒假時候 QQ 上找她聊天，我發了很多句，她都不理我……你知道她後來給我發了些什麼嗎？」

「什麼？」我依舊不解。

「謝謝，晚安」，他頓了頓，突然飆出一句「這他媽的就離譜。」說著還不忘拍了拍大腿。

見他這氣急敗壞的樣子，我只好應承了幾句「這確實不大禮貌」之類的話語。

但是他接下來的言辭可謂是令人大跌眼鏡了：「要不是她長得那麼好看，才消解了我對她的恨意……」

我聽著有些難堪了。

可是他仍舊滔滔不絕地講著，還不時冒出一些諸如「我就是饞她身子。她這身材，不論男生女生，都會喜歡吧」的金句。他問我是否也饞 Joy 的身子，似是有十足的把握一般。

我搖了搖頭，直言她「不是我的款」。

見我覺得無趣，他終於收了尾，「要不是余心跟我說，天知道這個女的居然這樣。你說不想聊天就不想聊天唄，就偏要這樣整我，真他媽的無雞巴語。」

南天戈出來了，老三又毫不避諱地拉著南加入了這場「吐槽大會」。這一次，言辭之刃被他熟稔地指向了當年「橫刀奪愛」的對手何志民，痛陳其於德有虧。批判之餘，還不忘將他英俊的容貌貶低一番，與我放在一個排面上不知是對我的吹捧

還是暗諷。

終於，他喃喃自語，「雖然何志民不是個什麼好傢伙，但人家陳湘還是個好女孩。我畢業旅行打算邀請她……」，結束了這場夜談。

聽完這番話，我不由得看了看地面，試圖將我毀於一旦的節操慢慢拼湊起來。但找了許久，我卻覺得做的像是無用功。

從此開始，我有意記下一些老三的言行了。

（九）

「可愛」與「解恨」一類的消息不脛而走，很顯然，是我沒有三緘其口。

第二日早上，我一人提早了些出門，進教室時還是一片空蕩蕩的。真不愧是高三 18 班，那個只會在晨讀開始前五分鐘時人聲鼎沸的「文科保送重點班、重點文科保送班、保送文科重點班」。

不過我的同桌陳仕為來得很早——他從去年下半年起被韓道長強拉去住了宿，如今作為「老住宿生」在高三新宿舍那邊豪橫得很——新宿舍離我們雛鷹樓很近，只可惜我們這些走讀生只配在霞園「鳩占鵲巢」而無福消受了。

來得早不如來得巧，既然有個人講話，那我也就不再客氣。我與陳交流了一通「三言三語」之後，他竟擺出一副豁然開朗般的美妙神情。他開口：「要不就叫它三學吧。」

　　我同他一起咯咯地笑了起來。

　　這聊笑的光景也並未持續多久，很快我們便從這「奶頭樂」式的低級趣味中脫離出來——至少我是這麼想的。

　　不過陳又拋出一句：「標哥，你文筆好。要不就寫一本三學小說吧？」

　　此刻還沒到晨讀開始的時間，但我沒有應他，從書桌抽屜裡抽出一本課本來唸。

　　老三徐徐踩點進了教室。我推了推陳，叫他對今天的話保密。

　　他也沒回示我，像是外交場合的「對等制裁」一般。

　　我是萬萬有信心陳仕為有能力保守祕密的。

　　只是我這張老臉很快就被自己的信心無情地打響了。剛剛同老三一起吃過早飯，回到教室時就見到陳仕為、何志民與徐驍等人圍坐在一起議論紛紛了——他們絲毫沒有要避諱的意識。

　　如果說這一幕還不夠「雷擊」的話，那麼接下來還有一出更加「觸目驚心」的。

　　早飯飯點過後，學校安排的活動是早讀。晨讀一般是拿來「自由發揮」讀文綜的，當然，有的同學利用這個時間補個覺，學校也是不會細究的；而早讀則不同，早讀是專門分配給語文、英語兩科「輪流坐莊」的，學校領導也常常在這個點到班上巡視。

　　這天的早讀科目是語文，依照慣例，是由語文科代表何志民上臺帶讀的。同往常一樣，他一邊拿著塑料袋包住的饅頭燒

賣一類的吃食啃著，一邊用一種無厘頭的口氣帶著早讀。

「今天，我們要讀的是《離騷》。長太息以掩涕兮，哀民生之多艱⋯⋯預備，起！」明明是提著嗓子說話，我卻聽不太清，想必是嘴裡還塞著東西。

下面眾人的吆喝聲倒是洪亮地很，也跟著「長太息以掩涕兮」一般地唸了起來。尤其是幾處男聲，短小精悍得很，完全不似平日裡那般摧枯拉朽。

這《離騷》倒是好文章，只是有人偏偏在「亦余心之所善兮亦」和「其余心之可懲」兩句著重了些，這突然的發力分明就帶著幾分惡意。

事後想想，若是這群人知道孟姝當年怒斥余心「白蓮花」的故事，估計還會在「眾女嫉余之蛾眉兮，謠諑謂余以善淫」這句加些隱晦的解讀與著重了。

當經歷過這般風波之後，說實話，我有些害怕：我甚乎做好了最壞的打算——要是沈三知回到寢室剝了我的皮該怎麼辦。

事實證明，我擔心得太早。正所謂「屋漏偏逢連夜雨」，所謂「三學」竟陰差陽錯地傳到了老三後桌的劉仁清耳朵裡，至此，我也不難想像這門「學科」的傳播究竟有何等之廣了。

劉仁清也是沅蘭縣人，和住在他家門前的氣功大師黃森一樣，是個頗不省事的傢伙，特別愛懟人；對於所謂的奇聞異事，大抵是不由分說地全盤接受的。他與老三的關係十分微妙，明明暗裡作對、互相瞧不起，卻又從老三那兒「長借」了一部手機。這個消息當然是與他交好的陳仕為告訴他的，至於

會不會傳到老三耳中，還是個未知數。

於是我仔細觀察了老三一個上午，卻發現他還是和一個沒事人一樣對這件事表現得渾然不知。

我鬆了一口氣。

到了中午，這事居然變得撲朔迷離起來。有人目擊到沈三知和余心迎面走過去卻沒有打招呼，問我是不是出了什麼問題。我說不知道。

果不其然，在下午的體育課上，老三獨自約我散步，坦誠地提到了這事。

「余心今天沒理我。怎麼辦？我很難受。」他像是很委屈的樣子，語氣之中摻雜了些許急躁。

「靜觀其變。」我再一次撂下了一句玄學一般的話語供他受用。

我們無言地在鼇山後山繞了一圈，直到下課。

晚自習前夕，我又一次在教室當中遭遇了「驚險一幕」。好事的人們蜂擁而上，問我沈三知與余心的事情。

我有些詫異，似乎人們已經把我當做是老三的代言人了。

其實就我而言，知道的也就半斤八兩，於是我如實說了。

人們一定是還未滿足，非但沒有自覺無趣地散去，反而開起賭局來。他們邀我坐莊，用「龍虎鬥」的範式賭起了老三今晚的表現：是「暴跳如雷」還是「潸然淚下」？

收了錢的我自然是裡外不是人，一股對老三道義上的負罪感此刻已然縈繞在我的頭頂了。不過出於對金錢的責任，我還

是煞有其事地編了「馬報」，用的刊號是南門菜市場地攤上典型的「白小姐」。

這份馬報傳閱得很廣，在晚自習結束前，引來的「投注」便有好幾十塊了。

回到霞園，稍稍清點了一下賑目。新宿舍那邊的老住宿生「彩民」們似乎都有一擲千金的好習慣，從幾塊到十幾塊不等；然而霞園這邊「近水樓臺」的收益卻又些差強人意，甚至乎有人眞就本著「以小搏大」的可貴精神投下　兩張毛票……

看來似乎有些本末倒置，於是我拿起馬報，趁老三還沒回來，開始在霞園的三個寢室走街串巷式地推銷起來。

卓華似乎對這次賭博抱有十足的興趣，可偏偏在此時，老三衝了進來，像是提前知道我就在這裡。他對我手上的這張薄紙片像是極爲好奇的。

我把馬報藏於腰間，卻難逃老三的法眼。見這個東北大漢上去搶奪，卓華在一旁顯得有些無動於衷。

經過幾番鏖戰，我也終於妥協，只是默默地祈求上蒼讓老三不要看懂如此「高深莫測」的「天機妙術」。

我的祈求應驗了。老三看了一眼這東西，疑惑中不屑地把它遞回給了我。

我把它擲進了垃圾桶。

睡前，沈三知與我開誠佈公地談了一談。

他說是他多慮了，余心給他寫了條子，說是想好好搞學習，同時也有那麼一絲避嫌的成分。

我隨著他會心地笑了，出奇的平靜。

看上去，他大抵是釋懷了吧。

只是這賭注不太好辦，「龍虎鬥」居然爆冷出了和牌——這「不義之財」，我當是要一一退回去的。

（十）

約莫是四月中下旬的一天，刁嘯宇回來了——衡江那邊還沒開學，他被韓道長拉回來參加褐溪市的高考一模了。

老刁估計是不想來的，因爲他壓根就沒有回來的意思——他很羨慕鰲中的開學時間，卻又整日守護在電腦前，開著視頻通話與衡江的同學們相互「監視」著對方的學習與作業情況——爲了這件事，老韓還在班上對他有意無意地嘲諷了幾句。

不過他又不得不來，他的父親是風水先生，與老韓素來交好。既然老韓發了話，那麼區區一個刁嘯宇就只有「召之即來，揮之即去」的機會了。

開考的時間是早上九點——標準的高考模式——可是從六點多開始，我便在寢室望見了刁嘯宇的影子了。他並不能直接進到寢室或教學區去，而是要作爲「外來人員」和獲得了「特別通行證」的全年級 22 名走讀生一起在隔離觀察點等個大半個小時。隔離觀察點就是原先的小賣部，在霞園六棟往外稍稍一探便可以清晰地看見了。

時間已到了七點多，我終於見著老刁從那隔離點風塵僕僕地走了出來，南天戈在前引路，把他帶到了咱們寢室來。

　　未等他上三樓，我們幾個便在那兒恭候著「夾道歡迎」了。來的人不止我一個，還有老三，隔壁的徐驍、廖主任、徐志豪，再隔壁的卓華和 Tony——換而言之，咱們班住在霞園的男生們都出來了。

　　自打我住宿以來，還沒有見過這般全體袍澤「精誠團結」的景象。大家為迎「遠方來客」的懇切之情，在此也就可見一斑了。

　　老刁的到來似乎不像是參加考試，倒與出人頭地之後的走親訪友有些想像。他前腳踏上的樓梯，右腳便徑直跨向了我們6311 寢室的方向；看見我們夾道鼓掌，也如親民政客一般示意我們收住，那副笑臉是我往日未曾見到的。

　　進門後，他便隨便找了一處坐下，也不管我們是否有過打掃——我有些汗顏，這實在是有些招待不周了——可他的臉上明明洋溢的是笑意，這是我斷然無法打斷的。

　　未等老刁坐定，老三便搶先一步行動了——他此番不是為了端茶倒水，而是為了將自己近來的感情生活大肆宣揚一般。這波「不打自招」的操作倒是令我狂喜，一句「全班人都很支持我追余心」更是畫龍點睛了。

　　得益於「先手消息」，老刁並沒有就此事感到十分的詫異，只是默默點了點頭，道了幾句「恭喜恭喜」。

　　中午我私請了老刁一餐飯。談話中，他對自己所聽到的消息並不驚訝，只是悄悄地靠近我的耳朵，試探了一句「我猜這段感情他也堅持不久吧？」

　　類似的話語我也聽陳仕為講過：「他這健身一定堅持不了太

久。」

　　爲此，我還親自問過老三，他那時的回答是無比堅定的：
「我一定會堅持住的。爲了余心，我都要堅持住的。」

　　經歷了這麼一番「糖衣炮彈」的洗禮，我像是相信了他已
然大徹大悟，在老刁面前竟不敢置出半點可否來。

　　老刁也是個通情達理的人，只是丟下一句「跟他交往得留
一手」的告誡。一想到先前初來這班時的經歷，我似懂非懂地
點頭答應了。

　　下午三點鐘開考，老刁是在我們寢室午休的——他從卓華
那邊借來了一張瑜伽墊鋪在地上睡，卻擺出了一副極爲滿足的
樣子。招待不週的愧疚之餘，我們倒也頗爲理解他這般美夢的
不易：在衡江中學，他睡的可是十幾人一張、連翻身都難的大
通鋪。

　　除此之外，他還想在這兒洗個澡。在衡江聽說是半個月才
能洗一次冷水澡的，返校前霞園新裝了熱水龍頭，他想一試，
只可惜因時間有限、未帶衣服而只好遺憾作罷了。

　　晚自習的時候，刁嘯宇是回家去的——他在鰲中已經沒有
宿舍床位了。於是在這時候，我的腦中也便空寂了不少。話說
回來，這般空寂對於備考而言想必也是極好的。

　　這難得的空寂並未持續太久。下了晚自習，到了霞園又是
一片雞鳴狗跳的「睡前躁動」的景象了。我早就熟悉了。

　　「貴賓」走後，我同兩位室友的關係似乎也近了不少，只
在開學之初出現過的「三人成虎」式的入宿模式，時隔多日竟
又再爲世人所見了。

踏過門檻的那一刻，老三卻不像往日那般例行公事般的發情濫叫，反而關心起老刁的事來。這是我始料未及的。

他先來了一通開門見山式的懺悔：「我有罪！當年嘯宇追海珊的時候，是我給出的主意……」

對於這件事，我只知道其結果，卻從未細究其過程——畢竟這事確乎是不大好打聽的，畢竟最後是污人名聲的惡事，多問多知無異於火上澆油，用古板的話來講「是要折壽的」。不過既然他想說，我就也不再推辭，指示著他向下多講起些。

他沒有刻意去申辯，平平淡淡地拋出了一句「只是他自己太自信，沒有預判好形勢，在該用的時候用好……」

我聽得掃興了，直走到陽臺上去洗衣服。南天戈還在廁所裡與他母親講電話。

天知道老三葫蘆裡賣的是什麼藥，到了這個時候，他仍追著趕著到陽臺上與我攀談。

「海珊，貌似是很好撩的。她感覺對誰的好都會接受一樣。」這口氣有些奇怪，彷彿是要策反特務——莫非當年他就是這麼跟刁嘯宇說話的。

我很納悶，道出了一句心裡話：「她平常不大與我說話的。我也不清楚。」

老三對此並不在意，並繼續說道：「你認識施兆聰學長吧？」

「對，我從小學就認識。」

「刁嘯宇追海珊的時候，他就是海珊的男朋友。」

「我知道，那段時間我常從他們班門口過，碰到他們兩個

聊得熱火朝天。有幾次，我還和學長打了招呼。」我長吁了一口氣，「他們兩個可真是郎才女貌啊。」

「沒錯，可是他們之後分手了。」老三說得有些驚訝。

我有些納悶，於是發問：「這麼登對，怎麼會分手呢？」

「我也不知道」，老三搖了搖頭，「據說是施學長有了新歡……不過話又說回來，就我個人覺得，施兆聰像是一個過度完美的人。」

對於這種說法，我是完全認同的，我甚至為他發出了「又帥，又有才，學習又好」的由衷讚歎。

老三接著又說起來：「海珊後來又交了個男朋友，好像姓魏，你知道嗎？」他將那男子的外貌描述了一番。

「這我是我不知道的。但是我聽過這個人，也許見過。」

他擺了擺手，說道：「這傢夥是個渣男，和海珊談的時候，還總是和他初戀藕斷絲連。」

我像是若有所思地點了點頭。

「後來海珊跟我說起過他，她說感覺自己被當做了替代品。從那以後，她就再沒認真談過戀愛了」，老三像是錯過頭獎似的遺憾地聳了聳肩，「這都是海珊親自跟我說的。」這語氣弔詭得很，讓人聽來有一種宛如看見逃兵向人們炫耀自己得了幾塊軍功章的天然不適。

這段對話至此就戛然而止了。

衛生間裡早已寧靜得很了。只見南天戈從裡面一臉嗔怒地走出來，像是在電話裡與母親吵過架似的——他嘴裡嘀咕了一句什麼，眼神卻分明地甩出了白色。

未等熄燈，我們便草草上床睡了。

說句不合時宜的，刁囌宇「屍骨未寒」，沈三知放出這樣的話來確實令人不解。

後來私下問過南天戈，才知道他當時說的是「沈三知，差不多就行了哈。」

顯然，這位正義的同志聽完了我們的對話，且以身體力行的方式像我們證明了這廁所門隔音的不可靠性了。

（十一）

第二天的考試是有些難度的。

上午考的第一堂是文綜。時隔半年有餘，再次碰到文綜試卷，我本是極為欣喜的——對於這門歷時兩個半小時的馬拉松式考試，我常常在兩小時內完成——這「完成」不止簡單的做完，而是次次拿下班上前五。

九點鐘考試開始。進考場前，我竟誇下海口：「我就是鰲中文科的風向標。」用一個成語「如魚得水」來形容，像是再合理不過了。

十一點半考試結束。當我在十一點二十分匆匆忙忙放下筆的那一霎那，我才感受到了危機感——多少是生疏了，說過的話未免有點「高興得太早」。草草對過一遍選擇題，確認答題卡填寫無誤之後，交卷的鈴聲便恰如其分般地響了。環顧四周，

盡是一片哀嚎。

佯裝鎮定地出了考場。雖未刻意去聽，但也有許多諸如「答題卡有半面沒填完」之類的話語進入到我的耳朵裡——我像是有些釋然了，打算去找刁嘯宇一同吃飯。

此時，遠處來了一對熟識的影子——不用多說，是沈三知和廖主任。廖主任是我們班文綜「坐把」的角色，近來老三總是纏著他跑步——也不知是出於他不善推辭還是另有緣由。

瞄準了我，老三便毫不掩飾地走過來攀談。

「標哥」，這音拖得很長，語氣像是社會上來找茬的混混，「這次文綜，感覺怎麼樣啊？」

我沒有回答，與廖對視了一眼之後，頗有默契地長嘆了一口氣。

「哎呀，你們兩個大佬怎麼都這樣？」這東北大漢見狀，竟使出了吳儂軟語，一股子扭捏勁兒，讓人頗為不快。

我再沒與他多言，就轉身離去。

再與老刁吃飯時，我們就聊起了生活起居、奇聞怪志之外的「正事」了。我同他講了這屆人未練文綜的難處，「經邦濟世」的話語讓這遊子有些傷感，竟無語凝噎到直搖腦袋的地步。之後再回到這次考試，我們也打成了「為了難而難」的一致負面評價。

這天中午，刁是在咱們寢室度過的。他這會沒有睡覺，拿了我兩本積了近四年的英語筆記靜靜翻閱，謂之曰「胡公畢生絕學」。

下午的英語考試也是極難的。將自己的疲憊之軀拖出考場

時，我已無力再掩飾自身的低落了。

　　送走刁嘯宇，晚飯是與沈三知一起吃的。他像是很高興的樣子，拿出飯卡向我炫耀起來——我並未見其有何不同，於是問道「裡面充了幾萬塊錢這麼開心？」

　　他不回答，只叫我拿出自己的飯卡。我的飯卡上貼的是個「百花洲」牌香菸的標誌，看上去也倒是獨樹一幟。

　　見我還是一副不懂的樣子，老三開始指著上面自行貼上的一片紋路解釋起來：「這是小余同學為我畫的花押，怎麼樣，好看吧？」

　　我仔細端詳了一眼，所謂「花押」，不過是 SSZ 三個英文字母花體的簡單堆砌。說是藝術，在我看來像是有些敷衍。

　　我奉承式地沒好氣地笑了幾聲，接著又冷笑著與他搭話：「百花洲是我一前任的花名，和她分手很不光彩，之後我就以這種方式提醒我自己談戀愛要有底氣……」

　　對面的老三反而獻出了緘默。

　　晚自習前，洗了澡，還沒出寢室。老三從我這兒「換」了點我帶來的盒裝水果，叫我去洗了，他給余心帶去——說是換，其實不如說是拿，因為他給我的那點餅乾是鄉下人家裡平時招待客人的尋常物什，是萬萬抵不起這水果的價錢的。我明白這「換」的意思，便把這些水果放在水龍頭下沖過，瀝乾水放到了他手上。

　　他沒有直接接過，反而不太客氣地問道：「用什麼水洗的？」

「水龍頭裡的水啊。」

「他媽的……你不知道生水洗水果洗不幹淨嗎？要是余心吃出毛病來了我第一個拿你是問。」趁著火氣，他搶過水果盒子，一併從南天戈床底下抽出一瓶怡寶，開始在洗漱池便熱火朝天地大幹起來。

說實話，我對這段粗口很是介意——此般感受確是極為難受的，我感到自己無端地受了辱。在此，我也羨慕 Samuel 的好脾氣——他竟可以對如此行為熟視無睹到這種地步。

晚自習對了答案，消息像是不大好的，全班在一陣傳統的烏煙瘴氣之後出奇地寧靜下來，泄了氣一般。

睡前的寢室是低落的，至少我與 Samuel 在老三回來前如此。

老三蹦著跳著進了門，拿起「花押飯卡」對著南天戈來了一頓毫不遮掩的展示，拋出了「考場失意，情場得意」的驚人理論。

但這還沒完，他還為「余小姐今晚很開心」這件事恭恭敬敬地感謝了我倆傍晚的慷慨，贈了我們一個激情四射的熊抱。

終於，微笑我和南天戈臉上強現出來——我們大抵是真為沈三知此時這一副傻得可愛的樣子觸動了。

「投之以木桃，報之以瓊瑤，匪報也，永以為好也。」我與老南用一句古語做結，哄著今晚的嬰兒入了夢。

（十二）

　　考後兩天，成績出來了。聽韓道長說，刁嘯宇也是在這天回衡江的。

　　老韓占了半節課講考試結果。那時候他激動得很，一股「恨其不爭」的憤怒直接溢於言表——先是將這份卷子敷衍似地慘無人道地批判了一番，繼而開始長篇大論地數落起我們來：不自覺、不上進、無狀態。這些情況自然是「古而有之」的痼疾，怕是上邊給了壓力才讓老頭子大動肝火到這番田地。

　　老刁對考試結果是很有自知之明的——他考得不好，準確地來說是考得比我還差——爲此，隔著千里，他被老韓冷嘲熱諷了一長串。諸如「在那邊學的東西脫離實際」「成天上網課還不如回鰲中靠譜」之類的話，像是要把我們這群同他一樣倍受矚目的「才俊」們拍向冷寂的深淵了。

　　折騰過後，這幾天班上精神像是很亢奮——當然這是做給領導、老師看的——背地裡瀰漫的是一種寒蟬一般的悽切沉鬱之氣。若要說眞要有誰還能披掛出一副笑臉的話，倒也不是沒有，沈三知便是一例。

　　已是四月下旬，淫雨霏霏的日子已然過去，外面的溫度也開始隨太陽一道日復一日地陡升起來——今年的春天算是冷的，照幾年前的光景，到五一節的時候，褐溪人已經開始穿起短袖了。

　　不記得是哪首老歌裡有一句「豔情似豔陽」，在豔陽高掛的日子裡，沈三知的頭腦也在追逐余心的快車道上瘋狂燃燒了起

來。

話說某日中午飯罷，我先走一步回了教室。到了走廊上，卻見一個男生蹲在我們教室旁。我走近看了一眼，這男生有些黑瘦，著的是便裝，風格有些落伍；眼神倒是純真得很，既不精明銳利，也不遲鈍無神，看來像是個正經的莊稼人。

見我走來，他也不回避，只是緩緩起身。他向我發問，聲音很軟，甚至乎有些怯生生的：「請問……余心同學在嗎？」

我沒有立即回答他，畢竟我也是剛從外面回來，並不清楚班裡的狀況。於是我打開門，環視一週後，才篤定地告訴他「沒有。」

「哦……」他背過頭去，身體微傾想要離開，右手卻緊緊貼在褲子口袋以外，像是在掩護著什麼機密似的。

「要不你再等等」，我拍了拍他的肩膀。話音未落，余心就已從廊道那邊款款走來了。

我匆匆地躲進門去，給他們兩個留了個場地。門窗禁閉、風扇未開的教室裡悶得像個芬蘭浴場，汗水在我坐定後仍不斷地從我的頭上冒出，一遍遍地提醒著我夏天快到了。

不經意的一瞥，我意外窺見門外那女子熱褲下白花花的大腿——那時我並不驚異，因為我認同沈三知同學曾經提過的觀點：余小姐的時尚感知力永遠是超前的。

余心在門外並沒有停留太久。兩三分鐘過後，她便進來了，臉上笑得像花兒一樣。

下午幾節課的課間，女生堆裡炸開了鍋。她們爭相傳閱著一張紙條——聽說這張紙條是余心帶進來的，想必是中午那位

來客的手稿。

　　事後，手稿的內容我也有打聽過。有人說是串日文，好像是什麼「あなたに会うととても興奮します。」之類的話語。

　　可這番話經過輪番解釋、層層轉述之後，到了沈三知口中變成了「一看到妳我就一柱擎天」之類的粗俗之語，令人實在有些啼笑皆非：

　　晚自習時，余心換上了一條牛仔長褲——不是緊身的那種，而是極為寬鬆的。我看到後想了一陣，以為是喇叭褲的潮流迴歸，卻又為這引人燥熱的天氣感到分明的不解。

　　回到寢室，老三便氣急敗壞地找到我說話。看著他那拍著人腿的樣子，像是受了天大的委屈。

　　「我他媽的想打人！今天余心收到一張紙條，你知道嗎？」

　　「嗯，知道。」

　　「那你知道上面他媽的寫了些什麼嗎？」

　　我搖了搖頭。

　　老三直接起身。「他媽的，今天一個男的看到余心穿熱褲，就給她塞了張日文條子，上面寫的好像是什麼：一看到妳我就一柱擎天……就是美國大兵在日本招嫖用的那句黑話……他媽的，我要看到這個男的，我他媽的一定要打到他生活不能自理……」

　　這時候老三可謂是怒髮衝冠了——他捶胸頓足、上氣不接下氣的樣子究竟嚇人得很。在我與南天戈的輪番勸說之下，他終於和緩一些了。

「你是怎麼知道這回事的？」南天戈搭上了話。

「我去問的她本人，她只說是個男的，死活不告訴我到底是誰……要是讓我知道了他在哪個班……」

眼看著怒火將要再度燃起，宿管阿姨的敲門聲為這個寢室帶來了及時的「鎮靜劑」。

我叫老三去應門。

阿姨晃了晃手電，眼睛抬起又放下，唸經似地將「沈三知、南天戈、胡文標，都來齊了」這段話帶過，接著在紅紙做的名冊上勾過我們的名字便關門離去了。

阿姨走後，老三一聲招呼也沒打地進了浴室。我半躺在床上，與南天戈開起了「南天一柱」一類的應景的低俗玩笑，絲毫不顧所謂「民族團結」。

「不到海南島，不知道身體不好……」我唱起歌來，彷彿沐浴在海風之下，品味著沙灘、椰林、陽光，靈魂飄向了南海之濱，飄向了南天一柱。

南天戈自然有這個覺悟，反倒是跟著我一同唱了起來──他知道我並沒有要侮辱他的意思。

這天的我們，入睡得極早。

（十三）

四月三十日的晚上，我記得很清楚，下過一場大雨。隔著門窗都聽得見風呼嘯的聲音，若不是這下雨前悶熱的天氣，我

很難不相信自己回到了冬季。

　　五月一日清晨，我起得很早。異常鮮明的陽光在不到六點的凌晨時刻就將我喚醒，我下了床，看見陽臺門大敞著，應該是被夜裡的狂風吹開的。陽臺上也是一片狼藉——三條內褲被大風拉扯下來，分別散落在地上、水池裡與毛巾架上。這風說來也公平，不偏不倚地給了我們三人一人一個下馬威。

　　昨晚南天戈很明智地託病回了家，他的床正對著風口，被雨水浸濕了。他走前我叫他幫我帶幾罐咖啡回來，於是他便趁著晨光輕敲開了我們的門，為剛剛從夢中醒來的我們捎來了伴手禮。

　　我在應門以後沒有立刻回到房裡，而是向外踏出了一步——門外的過道上也成了一片汪洋，伸進三樓的那一大枝石楠栽倒在地上。不知是雷劈還是暴風使然，那棵門外的石楠樹在風雨中竟被攔腰斬斷了。

　　「真是無常。前幾天還見它開花，以後估計真的再沒有機會了……」我頗為傷感地長吁出一句。

　　快六點二十了，沈三知還蜷縮在黑帳子中的一隅，不知是半夢半醒還是在玩著手機。我叫過他，便關了門踏上去教室的路了。

　　自一模以來，各種考試便陸陸續續地湧入了我們的生活。幾次領教過大起大落的心情，大家大抵多麻木了——至少我是如此。

　　但在麻木之中，總有一兩個不那麼麻木的人——沈三知是看成績的，但也僅僅是看個成績，因為他要借此機會發出諸如

「考場失意，情場得意」之類的無病呻吟——實際上在旁人看來，他的成績是一定有起色的，背景一路從班上下游爬到中游來不是一件簡單的事情。余心的成績在這個學期同樣進步很快，一時之間竟占據到了班上名列前茅的位置。一看到他們兩個今日的現狀，就有人不由地想起，當年何志明與陳湘「學習小組」的空前盛況了。

大家都知道，余心小姐是個愛化粧打扮的女孩子，但是疫情封校確可謂是直接斷了她的「交通線」——她的化妝品再不能源源不斷地通過快遞送入鰲中校園了，換而言之，她陷入了「粉荒」。

沈三知敏銳的察覺到了這種事情，自然是不敢怠慢，於是乎，在這個雨霽初晴的日子，他終於出動了。

化妝品是在網上買的，老三首先把貨寄到家裡，繼而叫自己的母親將其放入送來的「補給」之中，叫洗衣房的阿姨帶上來即可——這阿姨原先是在學校門口小店裡幫工的，作為校外的長租戶，沈三知憑著取快遞的豐富經驗無疑與她是極為相熟的。

自打幾天前的晚上起，老三就在電話裡向他老娘三令五申地要把自己的大批包裹「妥善處理」，到了現在，想必是早已有了十足的把握去擺平這些問題吧。

老三就這麼等著，他期待著自己大展身手的那一刻。

與其說是天公不作美，倒不如說是鍾公不作美。本打算中午去洗衣房「完成任務」的沈三知沒能等到他大展身手的那一刻，便被光榮告知自己的計劃撲了空——上午第三節課後，年

級組特別廣播了一則「包裹被扣」的告示：在鍾胥國校長的授意下，三十餘件未經校保衛科檢查消毒的「生活補給品」被扣押，幫助私運貨物的洗衣房工作人員受到了校方警告。

「他媽的」，老三氣得半死，一拍大腿便從教室後門走了出去。等到他回來時已是上課鈴響的點了，我記得他的手裡緊緊揣著點什麼東西，臉上似笑非笑。

中午他沒與我一起吃飯，也沒有同南天戈一起吃。我們都不知道他哪兒去了。

到了下午上課前的時候，我總算見著他回來了。他懷裡揣著兩三個小包裹，手裡捏著張我沒見過的紅色證件——估計就是我只聞其名的「特別通行證」了——見我站在走廊上，還不忘過來拍拍我的肩膀。

他進了教室，把貨物從自己的胸前轉移到了手上，恭敬地端給了余心，一氣呵成。

彷彿一切都在預料之中。

晚自習過後，回到寢室，老三又如數家珍似的向我們傾訴起來。

「今天余心小姐好開心，她收到了我送給她的粉底和口紅。我也很開心。」

我與南天戈鼓起掌來。這時，老三卻又飆出一句自相矛盾的話來：「我又有點不高興。」

「怎麼了？」我們反問道。

　　「今天晚自習我給她寫了四張條子，她一張都沒有回我。」

　　「沒事吧，人家學習去了。」心直口快的我也就毫不避諱地這麼說了。

　　「你看看她最近成績上去得那麼快……」南天戈也跟著附和道。

　　「我就是心裡有點不太好受……」老三把聲音拖得很長，聽來很是委屈。

　　不知是哪根筋搭錯了，此時我竟鬥膽向沈三知借起手機來：「老三，要不丟一卦吧？」

　　「好，你先來。」

　　得到允許後，我便第一時間打開了手機瀏覽器。手機明明開著流量，瀏覽器首頁卻顯示著「無網絡連接」，這讓我有些惱怒了。

　　「老三，你的瀏覽器怎麼沒用？網頁都打不開。」我向老三問道。

　　「你在什麼網站？是在 PornHub 嗎？回到首頁就好了。」

　　「我他媽的就在首頁。」

　　老三親自出了手，在折騰了一會兒無果後，他終於通過換瀏覽器的方式完成了「扭轉乾坤」。

　　我在菩薩面前隨便一問，求出了一個中下籤「曹操下江南」。本來只是為了給他做個示範的，卻被他玩上了癮。

　　沈三知這個人果然是非同一般：別人求情籤請的是月老，而他卻另闢蹊徑請來了關公。不知是不是被他的誠意所打動，

關老爺極仗義地給了他一記上上籤「山重水復疑無路，柳暗花明又一村」。

　　見到這般籤詞，沈三知激動地快要跳了起來。他不忘發下誓言：將來還願，一定要厚祭關公。

　　我家是信鬼神的，面對赤裸裸的神諭我自然也不敢造次，來不及一番「告解」或揶揄，便浸潤在一片「迷信氣氛」中安然睡去了。

（十四）

　　進入五月，天氣愈發地熱了起來。大概是本著「天下武功，唯快不破」的精神，學校領導早在四月下旬就已摘掉了口罩；近些日子，年級組的領導也帶頭摘下了口罩；如今上課，我們也能在講臺之下一瞥諸位老師的真容了。

　　順著這不成文的規矩，我們鰲中的學生也該「解封」了：城裡的山下中學、河口下中學，礦區的城關礦中、高康礦中、褐礦一中，縣區的沅蘭中學、白竺縣中、楓林中學、長亭縣中都陸陸續續地放鬆了對口罩的要求、批準了走讀學生照常活動——再看看我們鰲山中學，作為省廳直屬的重點中學，並不受市教育局轄制，搞得學生至今還得悶著口罩、關著門窗，甚至連風扇都不肯開……如此拉胯，實在有些說不過去。

　　聽說高一高二的學生會在 5 月 12 號左右返校，我們這些老走讀生就也免不得要想回家的事情——為了嚴格防疫，我們只

得三人成寢，占據的是霞園裡學弟學妹們的空餘床位。如今他們要進來，我們要出去，這不就意味著我們該回家了嗎？高三新寢室那邊招待的是老住宿生，三人一間、設施齊全、環境優越，大抵是容不下我們這群「人球」的。

有這種想法的不止走讀生，還有住宿生。5 月 4 號是紀念五四學生運動的青年節，這一天，有一位叫尹登飛的「義士」出事了。

尹先生是隔壁班的團委書記，與我的老熟人 Vincenzo 是相熟的，但與我並不太認識。

這天中午，一張 A4 複印紙平白無故地飄進了我們班。依著上面的內容，班上的人還以為是我寫的——畢竟我在持有「不在場證明」的情況下還能在 18 年寒假隔空「追封」為「學生領袖」，那麼寫出「王侯將相寧有種乎」「當你要與你同寢室的室友爭奪廁所淋浴失去寶貴的讀書時間，最終在高考後因分數落淚，究竟由誰負責」「關心學生的只有老師，領導只關心所謂的嚴格與升學率」「試看民主與民主樓誰勝誰敗」「我尹某人單刀赴會」等字樣便也不足為奇了。若不是有那一手歪斜的字跡與靈性的「尹天秀」簽名，恐怕我還真的很難在其中自證清白。

一石激起千層浪，學校的反應速度快得出奇——中午我溜出去如廁時還看到隔壁班門口有學生煞有其事地簽字聲援，到我回來時隔壁班主任就已在臺上罵罵咧咧了，那句透著狂躁的「你莫非還想做學生領袖不成」的諷刺穿透了雛鷹樓本不厚實的牆壁，被班上的每個人聽得一清二楚。

下午第一節課是許校長的課，我眼看著那張紙被收上去，

嘴裡還歎出一口氣——正所謂「奇文共賞」，這篇文章，我還未親眼看過呢。

整個下午的四節課裡，老師在開課前都增加了一個「批尹」環節。聽人說，尹先生當日就「如願」被送回家了，看來，他確乎已成了這校園中的風雲人物了。

越是看不見越是著急，我已然成了撲火的飛蛾，爲了一睹其文章眞容竟開始四處求起人來。不過這篇文章終究是經了「文字獄」的禁文，逢人便問，得到的回答也就是統一的「不知道，不參與」。

晚自習的時候，沈三知交給我一個信封，鼓鼓囊囊的，頗有那港臺老片中官商勾結、收受賄賂的意思。他向我擺了擺手，示意叫我藏好，不要輕易拿出來。

廣播播了一遍又一遍，大意是相同的：「反動傳單」一律上繳，私藏「煽動內容」與尹同罪。

回寢室的路上，老三貼著耳朵告訴我：「拍照留底，發微博也好，傳上維基百科也好，用完毀掉。」我似乎明白了這信封裡裝的是什麼，回寢後拆開一看，果不其然，是那一手歪歪斜斜的字。

「倒有幾分魏碑的風格，可惜不大工整。」在閱讀了好幾遍、把每個字細細品味之後，我倒也開始對這傢伙的際遇玩味起來。把傳單放在一邊，我從南天戈那兒借來了紙筆，爲這位素不相識的人寫下了一副「輓聯」：

楚雨南風，奪先聲激訴蒼生疾苦；

撥雲見日，乘風去哪管聲名驟忽。

在場的幾位都似懂非懂地互相望了望，默哀似的為這位前途未卜的同學低下了頭，禮儀效仿的是紀念堂默哀三分鐘。

禮畢，沈三知竟難掩悲淒的氣氛，開始半怒半哀地說道起來：「那天來找余心的，似乎是她喜歡的人……他們早就認識……那男的在道上貌似還有點背景……」

照常理話不投機的時候，我們是不會去搭話的，可老三這次算是立了大功，為我們提供了「珍貴情報」，要「邀功領賞」也不是不行的。於是我與南天戈便來了一個混合雙打，打算來開導開導他。

「男未婚，女未嫁。現在她還是單身，你們可以平等競爭的。」老南先發制人地拋出論點，顯然是有理有據的。

「我知道，如果我有機會碰到那個男的，我也會出於一個男人的尊嚴，向他提出公平競爭的。」他的語氣軟多了，全然不似前幾天晚上那副要收了人老命的暴躁，倒是展現出了幾分愛屋及烏的同理心。

「這不就沒事了嗎？」我以為這事情很簡單，就接了下舌。

沒曾想，老三竟然不識時務地回答道：「但是我就是想和她在一起，我做夢都想，我要和她表白。我生日快到了，就在我生日那天，我多喝幾杯酒就說得出來了！」

「別耽誤人家女孩子，人家還要高考呢！」現實擺在眼

前，對於這個問題，老三知道的和我們也是一樣的。

「我知道，寒假之前她還是坐在我前面的，寒假之後她就調到這組前面去了，其實也無非就是想好好學習，不要讓我影響到她。這一點我尊重她。」

我們點了點頭，像是要露出慈母的微笑。

可是未等我們做好準備，這個不省心的孩子又拋出了一句：「班上的人都認爲我們很甜，感覺一畢業就會在一起的那種。我就很害怕，如果現在退讓了，那麼到了那時候是否還能眞正站在同一起跑線上公平競爭呢？」

我們又陷入了語塞。

也許是平時向我傾倒地得太多，這一次，他扭頭轉向了南天戈，接著將自己心中所想傾瀉而下，抒情專業得很：「Samuel，你能理解我的心情嗎？無論如何，不管她喜不喜歡我，我都要讓她知道，這世上是有人會無條件愛她的，那個人便是我。」

對於這樣的言辭，我早已聽慣了，我開始鼓起掌來，南天戈也開始鼓起掌來，就連沈三知自己都開始鼓起掌來，好似東非的大草原上的一群獵人滿載而歸之後圍著篝火跳舞的歡樂景象。

爲了附庸風雅，我還念了一段祝酒詞。在各自拿著自己的杯子，灌下幾口白開水之後，我將雙手合十，大聲念道「天官賜福」，擺出一副告謝天下蒼生的姿態。

（十五）

5月7日。沈三知的生日。

這一天是沈三知的 18 歲生日，是他在法律上成年的日子。從今往後，找他的話來講，他就要爲自己的所作所爲全權負責了。

這一天是老三承諾著要向余心告白的日子，在我們一眾「知情人」看來是極重要的。我們都很期待著他的表現。

最先來拜訪沈三知的是孟姝，她的禮物是晨讀前送來的，像是預先準備好的。連同禮物過來的是她親筆寫的一張賀卡，她的字跡與老三的很是相像，同是雋永的行楷，讓人看得很舒適。

孟姝是親自來找沈三知的，她當時守在門口等了好一陣子。不過沈三知似乎不太待見她，寒暄過兩句便不耐煩地招呼她回去了，回來時還罵罵咧咧地，擺明了不想見她。

緊隨其後的便是陳仕爲、徐驍等幾位「三學家」。他們研究「三學」也頗有些時日了，雖未曾強記過老三的生日，但也「聞風而動」，想在這「學術前沿領域」分得一杯羹——他們也像模像樣地向沈三知祝壽，逗得壽星呵呵直笑。

再次便是老三在鹿中時的「親戚故舊」了。老三先前也是社交圈的當紅人物，認識的人自然也是不少。姑且毋論蜘蛛、Vincenzo 等人，就連他當年在鹿中時認的乾妹妹也都排著隊兒向他來請安，這陣仗自然也是非同凡響了。

至於我與南天戈這兩位同沈三知朝夕相處的人，到頭來卻

沒比過前面那群搶了先機的人,這讓我委實有些汗顏了。不過話說回來,有個廣告說得好,「跑得快不一定贏,不跌更頭才是成功」,我們在中午吃飯時給他送上了生日祝福,還即興來了一段「祝願你福壽與天齊,祝願你生辰快樂」的粵式曲目⋯⋯他倒也不讓我們難堪,也喝風(方言,指跟風)似的手舞足蹈起來,像個孩子一樣。

整個白天,就我看在眼裡的來說,老三這個生日收到的祝福,加上賀禮賀信,少說也有百八十份　他應當是很滿意的——但他好像還有些遺憾似的,笑了很多次是真,卻還是有些不滿足的樣子。

傍晚時分,他請假回了家,理由是胃病複查——這當然也是有理的,過個生日在家吃個飯,大概也不算是什麼奢望吧。臨走前,老三揮了揮手上的請假條招呼我過去,允諾我回來時給我帶一罐 CORONA 啤酒,美名其曰「戮力同心,攜手抗疫」。

沈三知身後留下的可謂是洪水滔天:陳仕為、何志民等君自然是興奮得很,知道老三今晚要有大行動,便如賭徒一般開始分析起「天機」來,甚至乎差點又寫起了「馬票」。徐驍、卓華等人倒是文雅一些,只是趁人不在,同我交流了一番所謂「學術觀點」。就連往日裡對於「三學」充耳不聞、如同悶葫蘆一般的 Edward、劉仁清、邱比等人,竟也都參與進這場熱火朝天的討論中來,實在是一派空前之盛況。

失掉了沈三知的晚上,之於我,大抵是無聊的。回到寢室,當我與南天戈四目相對,我便知道了往後的一切了——這

晚上，恐怕會寂靜得讓人很不習慣。

「Samuel，拿你手機看看新聞吧！」我首先發問。

「沒什麼好看的，大多是經濟數據一類的，要麼就是消費券……我們就別老想著消費券的事情了，現在這東西剛下來第一批，緊俏得很，聽說很難搶到。再說搶到了我們也沒處用，學校小賣部至今還沒開門……」

想來也是，於是我們難得地抽出幾本書來，開始沉浸其中了。

此時的沈三知，在幹什麼呢？

十點半左右，按道理來說，這斷然不是他該睡覺的時間的——他平時玩手機都要玩到十一點一刻熄燈以後，據說時常要捱到下半夜才能入睡。這個點，他必定是在與手機為伴的。

果不其然，老三是從不令我們失望的。這個時候，他正如情人節那天一樣半躺在床上刷著手機，醞釀著他的千秋大計。只不過這次不同，他喝了酒，幾乎有些微醺了。

「等了她一天了，怎麼還沒收到？」老三像是有點埋怨余心了。

老三一直有一臺手機放在學校，平時把控在劉仁清手裡。最近夜裡，這臺手機卻總是出現在余心小姐手上——她要拿這臺機子來網購。這外人看來的「急人之所急」，毫無疑問，就是老三親自授意、有意為之的。

既有「神器」在握，那麼也就不愁自己今晚無事可幹了吧？想到這裡，老三已經忍不住繼續等待了。他決定「先下手為強」。

「在嗎」「小余同學」他先發出兩句試探，換而言之叫做「拋磚引玉」。

「？」對面隨即有了迴音，只不過這個問號顯得刺眼的、突兀的很。

她想說些什麼？實際上，他已經沒有再思考的空間了。正所謂「猶豫就會敗北」，此時的沈三知腦中的理性早已被沖淡，一股極為強大、再難抑制住的衝動已然充斥著他的全身。他的腦袋猛烈地脹痛著，原本淡下去的臉色又漸漸紅潤了起來——酒壯慫人膽，也許在酒精的作用下，他的全身上下終於又變得血脈噴張了起來。

「我喜歡你。」

這句話瀟灑得很，直搗黃龍。他此時不一定有必勝的信心，但一定不缺那背水一戰的雄心。這就是一場酣暢淋漓的釋放！當他終於鼓起勇氣將這句話打在屏幕上、透過電波傳達到余心眼前時，他已經算是成功了——他那顆悸動的心少了幾分暴躁，全身上下變得飄飄欲仙起來，彷彿已然看到了未來，看到了那極樂幻境。

他的一片澎湃熱血換來的卻是寧靜——大約是兩分鐘——又好像是永遠。

一串文字打破了這寧靜。

「我還沒有想好。」

我尚不知這六個字之於沈三知，究竟像是半盆冷水還是一把星火，或許他也不知道。唯一能夠為我得知的，便是他在這一夜輾轉反側、未曾入眠了。

是情至深處嗎？是敷衍搪塞嗎？是眞的沒有想好嗎？

他終歸沒有收到他最想要的那句「生日快樂」。

他想起《哈姆雷特》中的一句：「To be or not to be, it is a question.」

他篤定了自己再試下一步的決心。

（十六）

孤注一擲後的日子出奇的平淡，似乎什麼事情都沒有發生過一樣。

沈三知依舊是沈三知，余心也依舊是余心，誰都不是誰的誰。

在那晚短暫地與理智打了一場惡戰之後，沈三知又短暫地遭遇了平靜，平靜之後迎接他的，又是一如旣往的壓抑糾結的情感在燃燒。他快樂，因爲自己的一片眞心沒有被怒濤拍死在礁石上；他彷徨，因爲到頭來他還是沒有等到那個女孩的準確迴音。爲了這事，他又在我面前咆哮了一遍又一遍了。

他甚至向我坦白他種種「重色輕友」的行徑，譬如說節衣縮食將自熱火鍋、進口飲料一類的東西送給余心而不與我和 Samuel 分享。這倒讓我有些佩服他的坦誠。

反觀余心，倒是像個沒事人一樣。她像是很欣慰似的，繼續心安理得接受著老三送來的禮物，同他進行著外人難以參透的奇妙互動，爲他送去精緻的笑臉與問候。

不過，這般「其樂融融」的景象並不是隨處都是的。自尹

登飛事件過後，一連幾天，在鰲中門口都有家長站隊「鬧事」，目標很明確，就是要開放走讀。

　　韓道長頭上頂了鍾胥國的壓力，三令五申不要以卵擊石。而年級組的一眾老師則到各班「宣傳政策」，一面說「不能屈從於外部壓力」，另一面又說「一定會保障政策落實」。

　　時間到了 5 月 11 號，距離當時所謂的「最終決定期限」僅有一日之遙了。此時，學校領導層依舊沒有放出任何有關放開走讀的風聲。眾人急了：只怕這新宿舍塞滿都裝不下偌大一個鰲中高三啊！

　　上午陸續有「小道消息」傳來，說走讀的事情有了「大的進展」。對於這樣的流言，我多是不信的，因為我有耳聞校長工作會議上鍾胥國同志可是很有「力排眾議」的打算——我自作聰明地將那些幻想嘲弄了個遍。

　　上午第四節課大概是地理課，這堂課是韓道長從歷史老師那兒換來的。整堂課下來，這老頭子都平靜得很，像是什麼事都不可能發生一樣。

　　到下課鈴響時，在基本生存需求的驅使下，我們理所當然地衝出教室，向食堂方向狂奔而去——老韓像是很會抓住時機，帶出一句「午自習走讀生到我辦公室來一趟，過期不候」便推門離去了。

　　當他說出這席話時，我並沒有在聽。或許是在教室門外，或許是在樓梯口了。至於最後是誰將此事告知於我，我現在已記不清了。

　　總之到了午自習時分，我還是如期出現在了韓道長面前。我們班 15 位男生，除去一位身在衡江的刁嘯宇，剩下的人中有 7 人是老住宿生，7 人是老走讀生，正好五五分成——在新宿舍，我們班只有兩個男生寢室，滿打滿算能住下 12 個人，換而言之，「逐出寢室住街沿」的名額便也只剩下兩個——韓道長說校領導要求「分批走讀」，卓華以前特批下一張「特別通行證」，Tony 也走了申辦程序，晚上「請了一段時間的長假」，他們兩個的走讀名額自然是當仁不讓的。我們剩下的，自然成了「下一批」。

　　對於這個結果，廣大男同胞們自然是在老韓面前將「寬宏大量」的精神展現得淋漓盡致，於是男生這邊的事情很快就忙完了。

　　接著處理的是女生那邊的事務，我不在場，也不大明瞭，據說歷經了很久的「徵求意見」才達成一個難得的「協商一致」。

　　12 日中午搬寢室，我們頂著大太陽穿過整個校園、來來回回跑了三四趟才將個人用品草草挪移到新宿舍，完完整整地用汗液浸透了貼身的衫袖——最棘手的還是老三的黑色紗帳，這東西是我們三人「整體搬遷」過來的，來時我熱得剝去了上衣，哼著黑人抬棺的小曲才勉強憑藉意志堅持下來。

　　我在搬完後隨即沖了個澡——在這原本三人一間的新宿舍擠進六個人，洗漱一定是個問題，所謂「社交距離」在此時更是無異於一句笑話了——我一方面佩服自己的「先見之明」，另

一方面也認了命，決定在此地度過一段時間了。

這次分寢室用的是「見縫插針」式的手法，我與沈三知分在一個寢室，但南大戈沒有；從此以後，老南大概就要與這等夜裡的喧囂暫別了。

✦ ✦ ✦

時間轉到 13 日傍晚。

飯罷，我照例回到班上。出於一陣尿意，我沒坐多久便出了門，目標很明確，去上個廁所。

沿著走廊一路向東走到盡頭，往下一層便是男廁所。這個點尚不是高峰，想必是不太堵的。

走到半路，我看到孟姝倚在走廊的欄杆上，朝著樓下歇斯底里地大喊著「項要回去」「項要喫飯」的口號，臉上分明留著未乾的淚痕。

這句口號對我而言是極不友好的。我與沈三知近來時常一同出沒，孟姝早已認得出我來了，她當然也知道我先前的那些「軼事」——我怕這舉動是有意為之，便快步走過去不想太驚擾到她。

哪知未等我半背過臉去，孟姝便主動迎上來賣慘。看她那樣子，似乎確實是有幾分可憐的。

「胡文標，你能幫我找下沈三知嗎？我晚上想讓他陪我走走。」她的喉嚨很沙啞，聽來並不像是一位花季少女的聲音。

我點了點頭表示默許。

「我知道」，她扭了扭頭，「他現在可能有喜歡的人了……」

　　我倒也不避諱地道出了余心的名字，打斷了她的話。

　　她像是沒理我。「我們班別的走讀生都回去了，只有我一個人被分到第二批……新舍友總是針對我……」

　　我實在不好再說些什麼，只是一味地安撫著她，告訴她我一定會將這個消息轉達。

　　她的淚水又要滾落下來。她的朋友在一旁打圓場叫我有事先忙，我便也理解了其中用意轉身向教室跑去。未等我走遠，又聽見孟姝在那兒繼續嘶鳴。

　　憋著尿回去請示過老三，得到的卻是一句「就說我不在」。

　　可這老三偏不省心，竟不顧我的信譽在孟姝面前拋頭露臉了過去。

　　晚自習放風時，老三出去了。孟姝又來過，放下一句「叫沈三知出來一聚，不然就幹掉你」的狠話就走了。

　　我有些面子上掛不住，同時又感到一絲的不明覺厲，便把這番話謄抄到了老三的草稿紙上，囑咐他後桌的人提醒他回來後務必要看。

　　這一面孟姝終究是沒有見成。

　　晚自習後，到了寢室，老三便不由分說地破口大罵：「孟姝就是個神經病。」

　　我聽得有些木然，倒也有些理解，沒有發表觀點。

　　「不過我也知道她並不壞。和她同寢室的人說的無非就是時常走到我們班後門找人的那個一臉麻子的胖女生，經常在他們老師面前告孟姝的黑狀，說她欺負人。實際上，倒不如說她自己被人欺負。」

「我知道了」，我話鋒一轉，「那你現在對孟姝感覺怎麼樣？」

「告訴你也無妨，我現在不是很喜歡她，但也不是很放得下。你也知道，孟姝剪的是短髮，她的腿比較好看；你看看我後來找的盧琪和王潤玉，或是先前未遂的 Joy，亦或是現在的余心，哪一個身上沒點孟姝的影子？」

「那看來你是個重情義的人咯！」我帶著笑聲喊了出來。

「那當然。我談戀愛最大的本錢就是正心誠意。不過人總是會變的，我覺得，我和孟姝是沒啥可能了——她上次找余心麻煩那次就很離譜……真他媽的離譜……」

「莫非她還能用前朝的劍斬本朝的官？」我打趣了一番。

「哈哈哈哈哈哈！」

我與老三笑作一團，竟把整個寢室都給牽連了進來，房間裡霎時充滿了爽朗的笑聲。

就他媽的離譜！

我從包裡抽出那天老三給我捎帶的 CORONA 一飲而盡，也沒再與誰「分而啖之」了。

（十七）

5 月 15 日，高考體檢日。

這天不上課，全校高三學生分批體檢。原本想著在高考前都難與刁嘯宇再見一面了，哪知還有這個機會——看來我要同

他好好交流一番了。

我原以爲老刁在大早晨便會來到班上，但我錯了——聽說他今天早上七八點鐘才下火車——我們班排在大約上午第三趟的位置，九點鐘坐學校包車去區裡的兵檢站體檢，閑時那裡是市醫院給各大企業、單位體檢的駐地。

我們到那兒並沒有等太久。老刁是坐著他父親老老刁的摩托車來的，我與他父親也算認識，便與他們父子兩個都打過招呼。

體檢是分批次的，我們班男生先檢、女生後檢；男生當中分了兩組，我與老三連同其他數人被分在了一組。

與上次「衣錦還鄉」一樣，刁嘯宇再次成了男生中的焦點。大概是因爲太久未見吧，班上平時悶葫蘆一樣的大老爺們如今紛紛開了口，與老刁熱絡地寒暄起來。

寒暄的話題無異於班上的奇聞異事——他和沈三知並未被分在同一組體檢，因而「三學」成了今天的「主菜」——老刁像是已「運籌帷幄，決勝千里」了一樣，對一切事情看得很透很煩，頗有以知一見著而著稱的日本首相鳩山由紀夫當年的風範。他當然也不惱，展現出的風度很是不俗。

體檢這事是萬萬不能「速戰速決」的，我們這批人九點出頭進的場，出來時就已是十點一刻了。畢竟是在外面，此時，老三閒不住了——不遠處有一座高樓大廈，就在城關區政府對面，是個消費的好去處——他說「請客」，便拉上我向那邊衝過去了，像是立刻明白了「機不可失、時不再來」的道理似的。

進門右前方便是一個奶茶店，招牌上赫然寫著某某產品買

一送一的活動。老三給了我一張百元大鈔，叮囑我挑六杯買，自己便走開了——他想必是想去商場裡掃蕩些什麼。

區政府這邊算是新區的範疇，消費水準比城裡高，單單一百塊錢買上六杯奶茶像是有些吃緊——畢竟是老三請客，我不可能自己掏錢——於是乎我瞄準了牆上的特價牌子：原價 22 塊錢一杯的奶茶，買一送一便把價錢腰斬成了 11 塊，喝得體面還能給老三找零，想必是極好的。

店裡有些擠，比我們早些檢完的在這兒扎堆，後面又有新檢完的湧上來。我排在一個極為尷尬的位置，不前不後，隨時有被擠出隊伍的風險。於是我大喊：「老闆，來三杯搞活動的！」

應聲的是一名黑胖的年輕女子，聽口音像是附近的村民。「好的，22 塊的買一送一，就是一杯 11 塊。三杯，一杯 11 塊，總共 33 塊錢。」

我對她的這分豪爽倒是有些驚訝。不過，她似乎沒有聽明白我的意思。我只得趕忙解釋到道：「我的意思是買三杯送三杯，總共六杯 66 塊錢。」

「好的，同學。」我將那張百元大鈔遞了上去，她勉強收下了。看得出來，她的收銀技術是極不嫻熟的，想必是新來打工的。

一位同樣面色黝黑、但有著滿臉皺紋的老婦從後臺走了出來，用「不懂事」之類的話訓斥了她幾句，又一面找零，向我打出「馬上好」的保票。這讓我極不好意思，卻又不得不接受——畢竟是做了一單大生意。

　　密封好的飲料很快被兩兩分裝到了三個袋子裡，正當我納悶該怎麼徒手將這麼多東西一次運回時，老三提著兩袋鴨架、鴨脖子之類的東西回來了。他不由分說地便提起一袋向外走去，也沒有問過這些奶茶分別是什麼用料、總共花了多少本錢。

　　一直走到原來的駐地，我都沒有將自己手上的任何一杯飲料拆封，老三也沒有，他也不知道我究竟買了些什麼。

　　這個時候女生剛剛完事出來，我看見余心蹦蹦跳跳地向著沈三知這邊走來，又奇奇怪怪地打過招呼，邀功領賞似地向老三問道：「你這都帶了些什麼給我呀？」

　　「鴨架子、鴨脖子，這些都是你喜歡吃的……還有奶茶，是胡文標代我買的……」

　　說著，他便從自己這邊抽出一瓶奶茶。這奶茶放了獼猴桃，通體綠油油的——他又掀開袋子看了另一瓶，也是綠油油的。

　　他問我為什麼淨買些一樣的。我不語，又將我手上提的四瓶悉數給他過目，全是綠油油的一片。

　　「無雞巴語。」他衝著我低聲抱怨了一句。

　　余心才不管那麼多，咕嚕咕嚕幾口下肚，飲料只剩下一半了。

　　老三沒如我所預料的那樣再白我一眼，沒好氣的順勢拿出一根吸管，猛戳進了那瓶綠油油的東西裡，匆忙地嗦了兩口。他擺了擺手，示意我把剩下的奶茶分發下去。我照做了。

　　在回去的巴士上，沈三知對這郁郁蒼蒼的飲料直呼過癮，

大肆將我的品位誇贊了一番。至於老刁，上的則是他父親的摩托車，他的歸途是下午回衡江的綠皮火車。

（十八）

　　幾天後的一個中午。

　　沈二知在寢室裡肆無忌憚地玩著手機——準確而言是刷著QQ，最近孟姝常以「問題目」為由與他聯繫，他不太願意搭理——中午時候宿管是不會來的，因此他常在此時與手機一道「貪歡」。

　　前些天在寢室裡沈三知給我拍了幾張照片，我叫他用QQ發了給我。但我沒有手機，自然也是無法收到的，於是我借他的手機來登錄 QQ 以便將這幾張照片下載下來。他像是很信得過我，二話沒說便借給我了。

　　他撥動著手指長按了左上角，點開一長串賬號來——這是「切換賬號」的操作。我一看便知，這部手機像是經過很多人手的。

　　最近登陸的是余心，賬號沒有退出來。老三很是高興，就這事向我炫耀了一番：「看來小余同學還是滿信得過我的嘛……」

　　他把手機規規矩矩地遞到了我的手上。

　　「喏，你來登錄吧。」

　　我點了點頭，環視一週以後二話沒說地完成了整套操作，

在確認照片已被同步至其他終端可用的狀態時，我便退了出來，按了「刪除賬號及全部聊天記錄」以確保絕對安全。

老三一隻手搭在我肩膀上笑著揶揄道：「看來你小子還想防我一手。」

我回了他一句：「小心駛得萬年船。」

他把界面退回到了余心的賬號。聊天記錄很幹淨，像是提前清理過一樣，剩下「公之於眾」的唯二兩條也只不過是新聞推送和電子郵件提醒。

老三的樣子得意之中穿插了幾分狼狽。他頗不甘心地點開了余心的「情侶空間」準備一探究竟。

「莫不是還沒和 Charles 解除線上關係？」他輕聲道了一句，「她那麼忙，估計也沒時間顧及那麼多了……」

頁面逐漸展開，卻發現這「情侶空間」並非兩個人在經營，而是余心一人的獨角戲。

外面的太陽很大，直挺挺地把光線打在了沈三知的臉上，與那句「邀請已發送」一同刺痛著老三的眼睛。他盯著這幕足足看了有四五秒鐘，眼睛像是被灼傷了一樣。

他接著又自圓其說道：「看頭像，應該是她哪個閨蜜吧。」

他頭上冒汗的樣子倒像是自己與自己的一位女性朋友開通了情侶空間似的。

我搪塞了兩句「是的是的」讓他心安一些。

下午不知怎麼的，老三一會兒昂首闊步，一會兒垂頭喪氣，發了豬毛瘋似的。這讓我頗有些擔心了！

✦ ✦ ✦

　　當時間到了晚上，寢室門前突然響起一陣輕快的鈴聲——不錯的，是老三的手機。

　　老三以為是孟姝的消息，本想是要置之不理的，可畢竟是眾目睽睽之下，他有極不情願的拿出手機來瞟了一眼。

　　小余同學：「Charles 他有些噁心。」

　　這時的老三擺出一副大徹大悟的樣子，彷彿在霎那之間明白了些什麼。他興奮地臥倒在床上，嘴裡和著「原來如此」的音調吐出一口長氣。

　　聽說他今天又向余心表白了，也聽說他又失敗了。

　　收到這樣的回答之後，他似乎又感覺自己成功了。

　　沈三知緩緩起身，與我們道明他的「線報」：據說 Charles 有極其獨特的性癖，使得余心很難堪——如此一來，便可以完全將此事歸罪於 Charles，並將這一切解釋為那女孩此時不想談戀愛了。

　　於是他扮出一副坦然的樣子：「初吻，初擁，我的都早已不在了。不過我的初夜還在……」

　　我本以為他要暴跳如雷了，卻不曾想，他又爆出這樣的金句來：「都 21 世紀了，現代社會了，還有誰會管這個？」

　　我為他一時的開明感到極為振奮，繼續聽他頭頭是道地講著。「不過 Charles 也真不是個人，換了我，在她 18 歲之前，就算與她關繫再好、再甜蜜，我也是絕對不會上她的。」

　　（註：行文至此，作者已無心力繼續言述此番對話，故留白一頁供讀者自擬情境。）

（十九）

5 月 20 日左右。

此時褐溪的天氣已徹底熱了下來，到了非用空調不可的地步了。

雖然在幾天以前，鰲中當局已逐步放開對學生走讀的限制，但是就空調一事，校方的態度是極其曖昧不清的——有的班不知從哪得來的通天本領，竟捷足先登將專管空調的電工師傅私底下早早地請了過來；有的班卻三令五申所謂「規章制度」，將空調、風扇等等尋常的消暑器物視作洪水猛獸一般，以至於有的學生熱出了一身痱子。

我們班很是獨特，既屬於前者，又屬於後者：屬於前者是因為韓道長與電工素來交好，早就搞來了一套「測試卡」以解暑熱之困；至於後者，一要歸功於領導們對我們班無微不至又突如其來的關心，另一方面則要歸功於我們班空調上那塊遭天煞的擋風板帶來的獨特的「氣候分異規律了」。

正所謂「一班有四季，十米不同天」，余心這個月坐在第三組，又是在第二桌的位置——雖說在北角上，沒有太陽直射進來，但靠著窗戶和牆的位置終歸是熱氣充盈之地；有了「風幕」的阻隔，這地方儼然已成了冷氣萬萬不可觸及的酷熱之境了。

一想到這兒，坐在三組後方風口上的沈三知瞬間就沉不住氣了：他下定決心要給余心買一把扇子。

距離我們被「自願逐出寢室」已有兩三天了，寢室裡尚有

我們的床位沒錯，但「土著們」早已容不下我們了——於是我們便在自習室裡堂而皇之地討論著這些內容了。

他打開了自習室裡講臺上那部大電腦。

只見老三點開瀏覽器，打開淘寶網，進入某文創天貓店，一氣呵成。這速度，在我看來，定不是一日練成，想必是醞釀已久了。

他找到一把扇子，問過我的意見，被我當機立斷地否決了。

「兩百塊錢買一把扇子，你是瘋了吧？」

「怎麼了？我花我自己的錢給我喜歡的女孩子買扇子怎麼了？」

「好好好，你買你的……」

他沒再聽我的，繼續挑選著款式。

期間有女生走進自習室來，他也不由分說地將她們拉過來「參考意見」。她們有的搭理，有的不搭理，卻又將這講臺圍了個水洩不通。

你一言我一語的連番轟炸之下，老三面上露出了幾分難色，他像是更沒有頭緒了。

我擠進人群，貼到老三的耳朵旁邊，低聲同他講道：「沈三知，你可要想清楚。有句老話叫做送扇無相見，扇子天熱時用，天涼時丟，是絕情之物啊……拿這東西送女孩子恐怕不太好……」

余心的同桌就站在旁邊，她像是聽到了什麼，面帶著笑容用犀利的眼光朝我這邊瞟過一眼。

老三顯然注意到了這一幕，白了我一眼。

還未來得及關閉網頁，他便在眾目睽睽之下把我拉到一旁私聊了。

「胡文標，你今天有完沒完。我要給小余同學一個驚喜，她的同桌就在旁邊，你這麼做是想……」

未等他說完，我便反嗆了回去：「難道班上的人還不清楚你賞扇子的用意嗎？難道誰還不知道你喜歡那個女的嗎？」

「話是這麼說，沒錯。」他的語氣軟了一些。

|那你又何必遮遮掩掩的呢？莫非你還對她沒有自信嗎？」說罷，我便推門離去了。

他後來終究還是賞的那把扇子，這份昂貴的現代工藝品，在兩天之後出現在了余小姐的手上。

褐溪有句俗語，叫做「九百斤的牛古不喫水，扯都扯不住」，形容的想必也就是老三這種一不做二不休的人吧！

至於余小姐收過扇子之後的態度如何，我還沒從老三口中得知，他又一次告白了。不由得說，這真是老調重彈。

不過這老調重談的背後，像是也有一些新式的家夥。

告白的現場，在中午的教室的某個角落裡，當時我不在場。至於表白的話術，自然也是那麼幾句，我就也不多說了。真正的重頭戲還是女方的反應。

據消息人士透露，余心是這麼報答沈三知的一片好意的：

「我知道你喜歡我，一直以來也承蒙你的照顧，在這裡，我還是要謝謝你的。不過你也知道，我是王潤玉的室友，和她

玩得也一直還不錯——你也知道，有了這層關係，我覺得我還是不能和你在一起的……真的謝謝你，我現在有喜歡的人了，也真的很對不起……你為了我花了那麼多錢，我可以補回來給你。」

「沒事沒事，我不怪你。」毋庸置疑，這又是老三佯裝鎮定的經典曲目，畢竟有下面的二人轉為證：

下午時分，曾有人目擊到余心，趴在桌子上失聲痛哭，帶著央求的口氣，叫大家不要視視為渣女。

晚自習，沈三知乾脆就沒有來，他又推病回到家裡去了。

後來聽他說起，那天晚上他與他的父親徹夜談心，一直到三點才睡。第二天早上等他起來時，已是八九點鐘了——或許不應該說她起來，他可能哭了一個晚上，因為在第二天中午我看到他走進教室時，眼眶還是紅的。

他在空間裡留下了一句話：「浮生只合尊前老，雪滿長安道。」

正文終
西元 2020 年 10 月 11 日
庚子鼠年八月廿五
於南昌

附錄

聖壇箴言錄

至於「雪滿長安道」之後發生了些什麼,我自然是心中有數的。老三回來的那天晚上還是心不在焉,於是我寫了一幅字送給他,大概是《滕王閣序》一類的古文,落款處有「春秧居士贈錢塘君沈兄毅清」的字樣。

他看了像是很歡喜,說第二天請我吃東西——其實我是不大想去的,因為他的宴請怕是又要我的腰包「衣帶漸寬」了——不過處於人道主義,我決定這次得跟他走一趟。

吃東西的地方本應是食堂,但這回被他搬到了寢室。自那場突如其來的決裂之後,他中午便常在寢室打坐——雖然我們業已離了那兒,那兒的人也不太願我們來,不過老三卻不在乎——他需要一個玩手機的地方。

推門而入後,老三從桌子底下抽出一個紙箱子:裡面全是公仔麵、速食酸辣粉、速食粥一類的東西。這些像是不能當飽的,尚且不問這些食物是否能夠餵飽沈三知這個人高馬大的東北大漢,單憑他把這些東西拿出來待客,我就覺得過於精緻了一些。

「自己挑,挑點你喜歡的。」

　　臨近六月分，中午時分的酷暑使得老三忍不住要關上窗戶打開空調——換了我大抵也是如此——不過在密閉空間裡煮這些東西也像是不大明智的行為，想也知道，享受饕餮盛宴的代價是一屋子揮之不去的味精味道。

　　「這他媽的真就離譜，你說我為她付出了那麼多，到頭來給我整出一句想折現給我，他媽的，個鄉姑娘家家，也不想想她賠的起嗎？余心這個女的我算是看透她了……我以為我們還做得成朋友的，我都還沒哭，她倒先哭了起來，說什麼怕被當做渣女……她就是！」

　　我實在無言以對，若要說出「情無憑分對錯」之類的話，他肯定是聽不進去的。思量片刻後，我緩緩道出了一句：「或許人家只是比較愛惜羽毛吧。」

　　「她那個情侶空間的事情我算是弄明白了。是個學弟，人家都有女朋友了。聽說她逢人便說『我的弟弟帥氣吧』，他媽的就有點噁心……我爸說了這種女的就是要不得，他說再碰上這樣的事情要找人好好教訓她一頓！」

　　我不語。

　　「還有，抽籤的事我以後不會再信了。還他媽的什麼上上籤？我們褐溪的關帝廟在哪裡，老子他媽的要一把火給它燒掉……」

　　這前言不搭後語的「脫口秀」持續了太久，內容我倒是記得不太清楚，只是有一句「女生裡現在都在傳，我臨時改變了自己喜歡的人」給我留下了較為深刻的印象。當沈三知意識到

自己的麵湯早已涼了的時候，他看了看自己的手錶，就氣沖沖地摔門走了。

我摸了摸自己可憐的肚子，也只得跟他走。

往後的數日，我常在飯點來往於教室與寢室兩邊，每次都帶著二十到四十塊錢不等的零食或加餐——老三也吃不太飽，我也吃不太飽。有時聽到隔壁傳來些熟悉的聲音，卻記不起是誰——據說隔壁住的人與刁嘯宇曾有過節，多是是品行不大端正的那種——於是我也未再打聽了。

後來有一次，Vincenzo 斜對著我們班前門，倚在走廊的欄杆上。他向我問起了沈三知的事情。

「Giacomo 最近還好吧？」

這番話令我有些疑惑—— 這疑惑來源於他是怎麼知道這些事情的——不過光是說說像是也不打緊的，我便把它余心的事情和盤托出了。

「果真如此，他前幾天中午傍晚的時候，都在寢室裡面講這些事情，講的很大聲，我們隔壁都聽得一清二楚的。」

於是我允諾了他，下次與他找一處僻靜地方講講三學。

Vincenzo 頓時就眉開眼笑了，以往如教堂裡聖像般的莊嚴模樣，頓時就化作一尊彌勒佛似的，頗有當年三教合一的滋味。

他向我提出一項請求，就是讓我指認一下余心其人。他說他要給她封聖。

我不懂天主教的儀軌，但也算是理解他的一番良苦用心了。

Vincenzo 的拉丁文書法作品，數日之後出現在我的臺面上，墨跡始乾，底下還貼心地加了兩行蠅頭小字，作爲中文翻譯：

「教宗文森佐一世冊封眞福品沈三知爲聖賈科莫、尊者王潤玉、余心爲聖女。」

這書畫至今還存放在我的某處故紙堆裡吃灰，閑暇時候若能拿出來看看，倒也是聊以自慰的一個不錯選擇了。

一曲相思難忘

若要從頭說起這個故事，則不得不提 2015 年下半年的一個中午了。這是一個關於孟姝的故事。

沈三知與孟姝早就認識，準確地來說，他們的父親早就認識。偶爾走往，孟姝叫沈三知哥哥。

可是沈三知並不缺妹妹，聽一位自稱 Victor 的消息人士說，初一時候，沈三知有整整一層樓的妹妹。既然如此，那麼誰叫他哥哥恐怕都不足爲奇了。

這是一個煙雨迷濛的中午。沈三知吃過飯，冒著雨從鹿中的食堂裡飛快地跑出來——小小一片操場上盡是忙跑的人，誰都沒有預料到，這天上居然會下起這麼大的雨來。

身上是一身新衣服，有些單薄，在褐溪那帶著寒意的雨水中換誰都是頂不了太久的。沈三知在風雨中的樣子應當也不是氣定神閑的。

只是操場的另一頭有個同樣衣衫單薄的女孩子在冒著雨。她正打著籃球，似是要與這寒雨一較高下。

沈三知注意到了這個女孩子。

這便是所謂「驚為天人」的正式初見了。

至於之後他們是怎麼在一起的，我大抵也是有考據的：

沈三知經過多番打聽才終於問出孟姝這兩個字來。

我完全可以想象得到他剛剛得知消息時一拍大腿然後驚呼「是熟人」的場景。

有了之前的走位，兩人關係的發展也就不算難事了。在彼此私下見過幾次面之後，他們就大概確立了關係，從此常常出沒於鹿中食堂各處了。

這聲「哥哥」，不知道是否叫得更歡快了。不過挺老二說，他和孟姝有個遺憾，那就是初中時候沒有牽過手——在他看來，這段戀愛就因為這件事與「網戀」無異了。

放到傳統的小說家那兒，照這樣下去，肯定就借天時地利人和一直可以寫到永結同心、伉儷情深的橋段——可我卻偏不，倒不是因為我標新立異或是好為人師，而是整件事情正如它發生過那樣新進著，是人力所不能改變的——正所謂「天有不測風雲，人有旦夕禍福」，2016 年的一場考試讓二人在物理意義上遠遠分開了。

這種叫做「保送考試」的考試以及由此衍生出來的學制「保送班」在此就不贅述了，總之，這場考試所造成的直接後果便是沈三知與孟姝的分隔兩地，孟姝在鹿中，沈三知在鰲中。

　　更大的阻礙是，鰲中是一所寄宿制學校、天天有晚自習，加之不能帶手機。在很長一段時間裡，沈三知陷入了「霞園地僻無通信，終歲不聞孟姝聲」的窘境。

　　他的成績在鰲中一落千丈，瞬間失去了往日鹿中第三的優越地位。他在周末常為了這樣一件事情找孟姝訴苦。

　　孟姝在鹿中也頗不安分。她正和鹿中的一群不良少年混在一起，成了一個別人眼裡的小太妹——聽人說，這群人當中有個花名叫「白毛」的傢伙在初中畢業以後便在社會上遊蕩，城關區坊間流傳著不少他迷姦無知少女的「光輝事蹟」——拋開孟姝的人身安全考慮，單單這種事情就是沈三知尤其看不慣的。

　　其實他們在分手前見過一面——在鰲中，那大概是 16 年 10 月底，鹿中借鰲中場地開運動會的一次——仔細想來，那次才算是我第一回見孟姝。當然也只能算是在無意間遠望，後來想起有這茬事時去問卓華，才勉強將孟姝的身分確認下來。

　　後來的「情至深處，潸然淚下」，就是他們的第一次分手。

　　從前的孟姝是沈三知心裡的一對白蓮花，是他初戀情節的天然所在——這是老三親口對我說的。

　　他們之後還分分合合了幾次，就我知道的而言，老三與王潤玉分手後的那段時間他們走得很近，但卻因為余心和 Charles 的事情沒成。

　　孟姝大概也離不開沈三知，在一次被他們班的美男體育委員欺騙感情過後，她也厚著臉去找了老三談心，老三也欣然接受了。

　　一句話，高中四年（以我的視角姑且這麼講了），沈三知與孟姝的關係都沒有太明朗、也沒有太不明朗的時候。

　　時間來到 2020 年。

　　沈三知在追余心的時候，有刻意躲開孟姝，畢竟孟姝與余心有過節，稍微避開也算是避嫌。到「雪滿長安道」之後，孟姝便抓住機會，主動出擊了。

　　為了余心那事，第一個安慰老三的人其實是孟姝。

　　老三與余心決裂的第二天，我為了低價收購他手上囤積的化妝品特地去找了孟姝「合夥」，被孟姝大罵一頓過後給趕了過來。

　　沈三知後來偷偷告訴過我，孟姝一直很積極地想與他複合，不過他還在考慮。

　　我說：「要不你爭取一下？」

　　他搖了搖頭，又說孟姝是個瘋子。

　　我不知這算不算是打情罵俏，於是半開玩笑地告訴他，他的眉毛粗重、眉心相連，怕是婚姻坎坷、子女晚見。

　　可能是上次被關二爺戲弄了，他不怕，還信誓旦旦地說著：「我平時自己解決也行，你看我都老色批了，難道手藝還能不到家嗎？」

　　這番話聽得我又好笑又好氣，我不由得想起在霞園時候，每天晚上他都長久地霸占著廁所——在某一瞬間的臆想中，我看到了他用手擺弄著他臍下三寸那根「驢傢伙」或是「狗東西」……有點噁心。

　　6 月 7 日、8 日，本該是高考的日子，而今卻變成了洪山師

範大學聯考。本是稀鬆平常的兩天,但孟姝和余心卻被排在了相鄰的兩個座位——這一奇蹟使得這兩天成了一些人口中「三學歷史上意義重大的兩天」。

老三當然也知道,只是說出了「惡有惡報」四個字,像是要高高掛起的樣子。

7月5日。高考前在鰲中待的最後一天,中午時分,孟姝拉沈三知出去合影留念——她問過我借拍立得相紙,愧於囊中羞澀,我沒有為這個瞬間作出貢獻。

7月23日,高考成績公佈,孟姝沒有上一本線。

8月18日,鰲中復讀班開學。我去鰲中幫一位友人的女朋友搬東西,下山時看到孟姝乘車上來,我與她打過招呼。看來她是鐵了心地要復讀了。

可是沈三知與孟姝又要天各一方,照著沈三知的脾性,是斷不會與孟姝維持一段虛無縹緲的關係的——或許他們就這樣散了。

鰲山苦寒地,若她有意,便與青燈古佛無異。

遠山初平,舊水塔晨光微起,望而徹骨,如萬劍穿心。

獨倚振翮古樓,褐溪眼底,玉人無跡。

我把這個消息告訴了沈三知。他像是很沒有感情的,回了一句「知道」,還不忘告訴我,以後不要將這些聒噪的事情傳到他耳朵裡來煩擾他。

跨越山脊線

西元 2020 年 7 月 25 日晚。

高考平行志願填報已經到了第二天了。我在沅蘭縣爬陸公山。

話說這次登山的主力是上屆鰲中保送班畢業的學長學姐，而我們這屆來的只有三個：刁嘯宇、南天戈和我，都是我們班的人，也都算是與上一屆相熟的。

老刁從衡江鍍了金回來，高考一鳴驚人，斬獲了褐溪應屆文科狀元的名次，被人民大學提前錄取，風光無限；相比之下，我和老南在高考那兩天狀態都不大好，我的成績的話估計也就值一個普通 211，而老南撐死也就是一個偏遠地區的 985。就我而言，對於自己的成績還算是勉強滿意；換了老南這個從前班上數一數二的角色自然是不甘心的。所以這次出來，也有安慰老南的一層意味。

我不知道此時到底是幾點，但天到底已經漸漸地黑了。

在峭壁上摸爬滾打了很長的一段，原本以為就快到駐地，卻在剛剛又翻過兩個山頭——準確地來說，我們一行人是在山脊線上漫步的。

遠山處有微微燈火，集裝箱搭起的板房在暮光之中若隱若現。但願那邊就是那個該死的「觀月山莊」，我們今晚歇腳的地兒。

前方打著手電帶路的老表已經沒了蹤跡，留給我們的是兩座直上直下的突兀的山頭——這流石灘一般的別樣景色，與一

路來時的草甸是截然不同的。

當我到了這一處時，還有同伴們在後面的下坡路——我沒打算向上走，我想在原地找塊大石頭歇息一會兒——要是這邊能夠再平緩一些的話，我倒也不妨於此安營紮寨了。

後方那邊在曾紹學長的指揮下「一二」「一二」地下著陡坡，「小心石頭」「站不穩」之類的聲音此起彼伏。

大部隊走得浩浩蕩蕩，當這一幫人終於又在某處重聚時，我的休息結束了。曾學長朝著前面望了一眼，喘著粗氣地大聲喊道：「翻過前面兩座山，我們就到了。」

眾人面面相覷，卻又自覺地開始爬了起來——這時我已落到了後面。我咬著牙跟上了。

要是說陡上的坡還可以手腳並用的話，那麼陡下的坡無異於要我的命了。登山杖在這六七十度的斜坡上變得無用至極，我顫顫巍巍地下坡，期間好幾次差點直接坐倒在硌人的碎石上，給別人搭了無數把手，也被別人搭了無數把手。

這兩座山頭，算是徹底將我們的力氣消耗完了。直到走上那條平坦的道路，聽到曾紹將那句「我們這可是過命的交情」笑著大喊出來，我們才算是知道自己性命無虞了。

天徹底黑了。

坐上飯桌的那一刻是八點二十。這山莊的生意極為火爆，即便是在這個點吃晚飯也很難騰出兩張桌子供十五六號人坐下；就算是坐下了，桌上那杯盤狼藉的慘狀也是令人不忍卒視的。

　　一位學長端著一碗方便麵走過，這是他六點多的時候在啓程踏上前往這片未開發的祕境之路前泡的，如今早已涼了。不過眾人還是不介意，一人一口分而啖之，用行動證明了這一路積攢下來的交情，成就了「一人一口麵」的傳奇佳話。

　　飯菜是慢慢上的，價格很貴，分量很小，我們吃得很歡，但卻感覺吃不太飽。我拿出了自己帶的一些牛肉，卻發現牛肉被下午突如其來的暴雨跑得變了質——這本是我想拿來做第二天早飯的食物，但事到如今也只能扔掉了。

　　山上連網絡信號都沒有。我在吃過飯後，便自顧自地往帳篷那邊走了。

　　在路上，老刁說晚上要跟我說些什麼，可是他此時正與同行的彭英東學長聊得正歡。我沒再打擾。

　　天黑之後，山上的溫度跌得很快，而我在帳篷裡卻一無所知——其實我也是在無所事事。

　　與我同住一個帳篷的超哥剛從外面回來，打開帳篷的那一刻，一股強風灌了進來。這股風令我直打哆嗦，我從包中拿出件厚衣服趕緊披上。

　　「胡文標，彭英東那邊叫你過去。」超哥手上拿著彭英東學長的登山杖，看來他們那邊像是已經談完了事情。

　　山風呼嘯著，我打著手電筒緩緩朝著我們來的那個方向踱步而去。彭學長搬了一張塑料凳子，與刁嘯宇隔了很遠，是在思考人生一樣——至於老刁，則一人蹲在某處。

　　「標，老三的事情你到底知道多少？」

　　「知道一些吧。」

「我來跟你講一些你不知道的。」

「好。」

這個點大概已是十點以後，遠處的山頭又有幾道燈光，若隱若現。沒想到到了這個點，還有來山莊的旅客。

「那我們開始吧。」老刁的臉上飛快地抽動了一下，像是剛剛遭遇完什麼沉重的事情。

「你大概不知道，我和王潤玉以前談過吧？」

我搖了搖頭。轉念一想，這大概就是「大表哥」這一暱稱的來路吧。

「在振翮樓的時候，我和王潤玉坐前後桌。我很喜歡她，也向她說起過，那時候上課，我常捋她的頭髮，她也不會說些什麼。」

「那可真曖昧！」我插了句嘴。

「聽我說完，」刁嘯宇又說，「當時沈三知就找上門來，問我說是不是喜歡王潤玉。其實我和他也不熟，也沒想過防著他，就跟他說了實話。他主動提出要給我出謀劃策，我答應了。」

「那後來呢？」

「後來也不知道他搞了什麼幺蛾子，倒是他和王潤玉經常走在一起。我問他他們是什麼關係，他只說是很要好的朋友。自打那以後，王潤玉就開始疏遠我了。」

「照這麼說來，就是他在挖你的牆腳咯？」

「他就是！」老刁的火氣在一瞬間被提了上來，面目變得猙獰起來，「沒過多久王潤玉就到老韓面前請願，把位子調走

了。當時花姐還問我知不知道王潤玉是怎麼回事來著……之後到了 15 班的事情，我也只知道個結果了。」講這番話的時候，刁嘯宇手舞足蹈的樣子是我以前從未見過的。

「那確實是挺沒屁眼的。」我也跺了跺腳。

「海珊的事情，也是老三搞的鬼。王潤玉那邊得手之後，他便說可能是他的『指導』出了問題，要來『補償』我，告訴我說海珊像是很好撩的樣子，叫我『試試』。你也知道，海珊那時就坐在我旁邊，也是我滿喜歡的一個，於是找又信了他一次。」

「那個時候，海珊不是和那個施兆聰學長談嗎？」

「正是。但是那個時候我也不知道，老三還一個勁地慫恿我去追。這不是讓我和他一樣去挖人家牆腳嗎？」說罷，他長嘆了一口氣。

「你的競爭對手可是施兆聰欸！你還鬥得過他？」我踢了踢腳邊的一塊石頭，像是有些輕蔑地說道，「我和他小學時候就認識。人家又高又帥、學習又好又有才，老三說他是個『過度完美的人』，單就這一點我還是認同的。」

刁沒好氣地笑了：「他這叫完美？他就是個花花公子！和海珊談的時候，他吃著碗裡的看著鍋裡的，和他班上一個女的、連同他們班隔壁一個女的搞曖昧。後來，他們班隔壁那個女的還因為這件事搞出了心理問題休了半個學期的學……你跟他認識那麼多年，不會連這點事情都不知道吧？」

「啊？」我有些木然了。背過面去，我順手掏出手電筒開著強光向山谷那邊照了過去。

　　燈光下的山谷看起來並沒有我們想的那麼陡、那麼深，若是再平坦一點，恐怕可以在草甸滑著雪橇下去。

　　對面的山上似乎還有些燈火，在這靜謐黑暗的山頂上顯得極其突兀。

　　我在那兒呆站了不下兩分鐘。

　　就這樣，老刁的嘴巴也順著我停了一會兒。待我轉過身時，他才繼續開始：「其實那個時候海珊和施兆聰是在冷戰的。她並不拒絕我的好，甚至還常對著我笑——我聽她的一位朋友說，她們私下裡交談時，還聽海珊說過一句『我這樣做是不是太花心了』之類的話……」

　　上面的那些話令我有些震驚，這與我舊時接觸到的所謂事實，著實有很大的出入。

　　「那，摸手那次究竟是怎麼回事？」

　　「或許是她想保護自己吧！其實在那一段時間，中午午休的時候，我都有摸過她的手。她的手通常很冷，像是被凍傷了一樣。我把我自己的手放上去的時候，她都不會抵抗，甚至還很享受這種感覺似的。就算是到了『東窗事發』的那天，她也只是低聲對我說『謝謝，以後就不麻煩你了』。又有誰想得到整件事情，到最後會鬧到那步田地?」

　　這些內幕消息，像是讓我看到了很多之前聞所未聞、見所未見的禁書，既有趣又可怖。

　　「整件事情還不只是這樣。有一次老三他主動告訴我，那個男的好像有些『經營不善』，說我還有公平競爭的機會……」他開始帶著點哭腔，略有些無奈的說道，「不管我做得如何的正

當，在外人看來，我的行為都是極不道德的，這不是明擺著讓我挖牆腳嗎？而且之前我對整件事情居然一無所知。」

「他媽的。」我的嘴巴裡不小心流出了一句芬芳。

「我真的不能、不想、也不應該怪她。因為這件事是分不出對錯的，即便有錯，錯的也是我，她只是想保護自己罷了。」

我聽出了一點點的撕心裂肺的痛。

少頃，老刁終於整理好了心情，再度開了口：「我就不明白，為什麼同一個伎倆能用那麼多次，次次都能得逞。我就不明白，為什麼海珊這樣的女孩子，為什麼會一而再再而三地，去把這樣一個人當做自己傾訴的樹洞。」說這番話的時候，他竟激動地慢慢地伏下身來把兩只手撐在了自己的膝蓋上。

時間在此刻，像是凝結了很久。

我們的眼睛在此刻空洞得很，不知是在凝望著澄澈的夜空，還是在污染著這片人煙未及之地。

我不知道。

當我們二人從這番如同狂風驟雨一般的對話中逐漸清醒過來的時候，已經是下半夜了。

我再一次打開了手電筒，把光線調到最亮，將那束燈火向遠處不知名的山間投射出去。我們不約而同地踏出了一步，直立在懸崖邊上，用我們的聲音將整片夜空的僻靜撕裂開來：

「大豪賭，血本無歸，光溜溜！」

第二日清晨，我在五點鐘不到的時候便被同住的超哥喊了

起來看日出。睡眼惺忪之際，我草草地與這雲海、朝陽、草場留了影，前夜發生的一切，像是就此別過了。

也多虧了那幾張留影，在下山後，我才知道自己昨夜所在的地方竟是華容界——那已隔壁祥安市永福縣地界了。

哈布斯堡骨科病歷

之前有提到過一句話：老三的妹妹千千萬，鹿中一樓占一半這句話是我從 Victor 那兒聽來的，每每向老三的舊相識們提起，就會收穫一片「拍案叫絕」的瘋狂場面。

話雖如此，不過老三也像是一個很有原則的人，作為哥哥從不向妹妹們動心——當然，孟妹和吳瞳除外。

要說孟妹叫沈三知哥哥，還僅僅只是出於對家族朋友的尊重的話，那麼吳瞳叫他哥哥，就真的和一家人差不多了。他們認識了十幾年，一起看過上百場電影，兩人從不干涉對方的情感問題，也常常跑到對方家里去坐坐，一切都像是很正常的樣子……我不由得想，這兄妹之情，是從何時開始變質的呢？

我不由得想起暑假時候和老三一同吃過的幾頓飯了。

7 月 14 日畢業聚會上，我被灌了十幾瓶啤酒酩酊大醉，記得的唯一一句就是沈三知當眾大罵余心的話。

7 月 21 日沈三知私人請吃飯，依舊是罵余心，不過又開始聊起了感情——他像是與人有約，下午要去鰲中接一個參加會考（學業水平考試的俗稱，通常與高中畢業證掛鉤）的學妹。

我剛想說「好一個情種子」,卻被他的那句「我把這件事給翹掉了」給噎了回去。

8 月 2 日,沈三知請吃飯,討論「畢業旅行」的事情。先前約好的十多號人逐一推託,最終只剩下兩男三女總共五個人。老三又是罵人。當然,也不難預料,這次旅行是未能成行的。

8 月 30 日,我請老三喝進學酒,他和何志民坐一桌,因而沒有太說話。

9 月 5 日,去沉蘭吃進學酒,老三只顧著和海珊講話,順帶罵了幾句余心。

9 月 6 日,老三請進學酒。這次他還是如例行公事一般地當眾數落了余心的不是,痛陳她害他破費好幾千塊——不過這次他提出了一個新問題:「如果我要追一個認識十二年的女孩子,我該怎麼辦?」

列座的同學、朋友們齊聲說了句「不可能」。

後來想起,這就是端倪的初現了吧?

9 月 15 日晚上,在沉蘭復讀的 Victor 突然在線上問起我沈三知的事情,我說不知道。雖然同在省會讀大學,但我在雄州大學,老三在雄州財經大學,照理說他的消息我是不該太靈通的。

接著,他又向我提起有人背地裡揭沈三知短的事情,說他表白了一個女生,說些什麼「你也知道我有女朋友,但不影響我喜歡妳」之類的話……這番話被他解讀為一個條件句:即使我有女朋友,也不影響我喜歡妳。

我們就這件事合起伙來在背地裡將沈三知嘲笑了一番。

「我賭是吳瞳。」

「沈三知他喜歡誰都很正常好吧。就他這花花腸子。」

第二天他還托人找我要這本《只是當時已惘然》的稿子，被我搪塞了回去——在我的印象裡 Victor 是老三的好哥們，出于保密考慮，我決定防他一手。

可是事情並非朝著簡單化的方向發展，17 號晚上，在我正忙的時候，沈三知找我出去玩。

忙完之後已是十點鐘，距離 11 點的宵禁時間只剩下一個小時。我在發現這則消息之後，立即回復了他，告訴他我們學校是有宵禁的。

他像是很不在意似的，告訴我他的心情很糟糕。彼時他的 QQ，空間裡，正時而不時的被掛著那句經典的「雪滿長安道」，發出來了幾次，也被他陸陸續續地刪了幾次。

這句話的意思我當然明白，大抵是沈三知感情上受了挫。

可轉念一想，他究竟受了些什麼挫，我也不清楚。

於是我又去問了他。

他答得很含糊——從某種意義上來講，像是與我見招拆招一樣。先是說「異地戀」，後是說與吳瞳斷了聯繫。他說他向吳瞳表了白，但是沒想到對方反應很大。至於動機更是離譜，所謂的「沒打算和她在一起」「只是爲了了卻一樁遺憾」實在是令人大跌眼鏡了。

在書憤的最後，他還不忘表態說「畢業之後一定再去找她」。我在言語上繼續安慰了他幾句，終於證實了我的猜想。

單就事論事而言，這件事到此為止了。

我將此事寥寥數語向 Victor 講明了。

Victor 在幾天之後發了一段聊天記錄給我。

記錄裡，沈三知一會兒說他自己這幾年在感情上很隨便，一面又說自己忘不了吳瞳，以至於會在夢裡夢到吳瞳回心轉意，但卻因自知不可能而驚醒。

Victor 本想拿「要是你姐姐向你表白，你會高興嗎」來反問他，卻不曾想被他的「高興啊」三個字給徹底顛覆了。

回想起記憶中的一些片段，雖然我與吳瞳本人確不相熟，但可萬萬以人格保證，吳瞳是把沈三知當做親人看的⸺

據說在鹿中的時候，吳瞳被某中年男老師盯上圖謀不軌，是吳瞳找到沈三知的父母靠他們在城關區的權勢與名望擺平的。

18 年夏天，剛剛分班的時候，我無意間和卓華提起吳瞳的「前衛」衣著（當時我還不認識吳瞳，編者註），被老三罵了個狗血淋頭。

18 年年底或 19 年年初，元旦文藝匯演綵排那天，吳瞳因為腰太細在我們班樓上的空教室裡讓沈三知幫忙穿裙子，被幫沈三知送飯的我無意間撞見。

20 年，吳瞳作為藝術生在外培訓，每次回來模擬考試都會請沈三知吃飯。

還有一件事是道聽途說的：吳瞳很會煮螺螄粉，只要沈三知提出想吃，她無論多忙都會親手奉上。

不難得知，吳瞳對於沈三知這樣的人算是信任的——至少沒有女生會信任一個與自己非親非故又圖謀不軌的異性幫自己穿裙子。

要是再看看沈三知呢？

他也說過，自己與吳瞳熟到了無以復加的地步，彼此知根知底，是不可能在一起的。

他也刻意在吳瞳談戀愛的時候與之刻意保持距離，給她留足空間。

他會幫吳瞳教訓曾經辜負過她的男人。

✦ ✦ ✦

Victor 曾經當眾說過：「我是一直以來就不信，一個高中三年（原文如此，編者註）喜歡過五六個女生的人，會對身邊玩得好的美女不感興趣。這很合理。」

陳仕爲在推論沈三知與余心關係時也說過：「這能叫喜歡嗎，簡直就是饞人身子。」

以上觀點都是外人所見的大眾觀點，在我看來卻依舊摸不通透——我所知的，唯有沈三知確乎是憑藉一己之力，將所謂「千年道行」毀於一旦了。

不知諸位看官，意下如何？

全書終

西元 2020 年 10 月 18 日

庚子年九月初二

於南昌

終章　One Possible Version

　　沒有勇氣的男人是可笑的，無論他平時偽裝得如何趾高氣昂、收放自如，膽怯與發自內心的震顫會使他在一瞬間露出原形；這種自卑正如　封沒有開頭的信一樣，幼稚得令人難免生出一絲憐憫之心，接著是被娛樂的狂喜，再次是基於其發出的庸俗氣質而難以抹去的鄙夷之心。

——題記

　　「此事無關風與月」，他一直提醒著自己，正如一位風燭殘年的老人拖著自己本就無力的身體，卻又要勉強自己端著一盆滿得駭人的水「威武地」前行——他的腳下似跳著一首著名的《小步舞曲》，以自己的實行應驗著另一個自卑男人留下的箴言「永遠戰戰兢兢，永遠如履薄冰」——雖然他萬般否認。

　　於是他在腦中構思所謂「羅曼蒂克」，似乎全是些九十年代的東西，當不得實用；又不敢真的「把握好時光」，爭取搭上「末班車」，當然是逃票的，到站下車之後便可以拔腿就跑⋯⋯計劃、對策、退路一應俱全，於是他又開始在腦中意淫一些不堪的東西，凌亂得似「海天盛筵」後的狼藉現場。他口中喃喃地囈語道：「這個女孩不錯，與我有一面之緣」「那個女孩不

錯，身材我給滿分」……他墜入了幻想鄉中，繼而進入了夢鄉。

翌日清晨，他又開始了他的《早安奏鳴曲》，內容早已司空見慣了，無非是那些嘴砲：「新氣象」「大展望」「舊故事」「好猜想」——當然，脫不開情與欲兩個字。同好們便例行公事般地推脫了一番，接著又開始竊竊私語起來：幾時開始行動？到底敢不敢行動？又設起了賭局，開始一擲千金——今日結果如何？好事之徒寫起了《馬報》，其中不乏一些「楊柳岸，曉風殘月」一般費解的句子，謂之曰「天機」。

看著那位曾經一度占據他心頭的人兒走過，又不敢叫喚，只是望著她靜靜地走向了另一個堂口——貌似那個堂口小白臉兒挺多，其中不乏有才貌雙全的，亦少不了遊戲人生的；立著眉清目秀的，又臥著寬廣偉岸的。他試圖罨住自己的嗔怒，口中輕輕飄過一句「老子不缺女人」，接著又如同醉了酒一般地向下一個堂口走去——這堂口中立著不少「酒中仙」，倚著、望著、蹲著，似乎等著下一個來的人與他們交心，又好似等著一位好心的大款來為他們付清賒下的酒錢。其中一人走來：「三知兒，陪我玩玩。」進而人們一擁而上，圍著他討要些「學問」亦或是些什麼奇聞異事——但凡有些見識的人都曉得，他是拿不出那一撮散鈔來結清這破酒館裡一人一杯馬尿色的劣質勾兌啤酒錢的。

於是他開始抖擻一嗓子：「給哥幾個唸段陳忠實的《白鹿原》。『小娥的頭髮黑黝黝，小娥的臉蛋賽白綢，小娥的舌頭臘汁肉』……」

　　忽地，一位妙齡女子的面目掠過，他怔了一秒，目送著她的身影慢慢遠去後又繼續講了下去——他的臉上汗涔涔的，但面子又不得不掛住。

　　一聲哨子傳來，一群打著赤膊的人如黑潮一般湧來。他們肆意袒露著自己胸口上、背上精緻的龍虎圖案，殺氣騰騰。

　　此處是褐溪城外毗鄰老酒廠的位置，治安出了名的差。看來是小酒館忘交保護費了，食客們欣喜地逃單飛奔而去，而他卻要狼狽地脫身。

　　這實在太不體面了！他的心中高叫道。

　　我要去找她澄清事實！浮躁的想法湧上了腦端。

　　脫了身，他站在街燈下，呆呆地撥通了她的電話：「喂？請問王小姐在嗎？要不我們出來談談？」

　　聽筒那邊傳來聒噪的舞曲，接著是一段女人慵懶的聲音，她大概答應了他到昔日一同漫步過的鰲中操場那邊來等他。

　　度秒如年。直到那女子頂著疲憊的面容出現在了他的眼前。

　　「要不我們來聊聊文綜？」他吹噓了一番無關緊要的東西，其中三令五申對於情感的抑制。

　　「好……」

　　「要上240分的文綜其實很簡單，無非就是快與準二字。這套方法源於我的實踐。只要你在 20 分鐘之內做完選擇題，並把錯誤率控制在三個以內就好了。你可以先試試真題，練練速度和準確率；再做做難題，練練題感……」

此時距離高考結束已經過了很長一段時間了，他總該爲自己的超常發揮增加一點儀式感的。

不過他之後說得話就有些前言不搭後語了：「要知道，我的天體物理學可是受到美國夏威夷州州立太平洋大學教授羅伯特‧伊藤的讚賞，可以達到發表論文的水平……」

聽到沈三知口中的「天體」二字，王潤玉本能地一臉潮紅，同當年他們宛如神仙眷侶一般的熱戀時一樣。

他看到此景，又道：「今晚的月亮眞美，仿佛我們訣別那晚的月亮，微冷得很。」

他握起她的手，望了一眼皓白皓白的圓月，開始情不自禁地煽起情來：「傻姑娘，當時我們，算是迫不得已吧？」

她不語。

「現在妳的朋友們把我當做壞男孩，護著你，讓你別來找我……對吧……我很欣慰，你有這樣的朋友——這樣你最起碼不會，像當年那樣傻，去不顧一切地和一個不愛自己的男孩走在一起……」他的手攥得越發緊了。

她的眼中泛著淚光。

山谷外的遠空中閃過一道詭異的綠光——這絕非星光，但顏色卻暗淡得很，是不那麼引人注目的。

「我一直都很喜歡你，只是我們現在不能在一起。我們都還有自己的路要去走，也都還有各自放不下的人……」說著，他低下了頭。

一記耳光打在了沈三知油光閃爍的臉上。王潤玉嘶開了嗓門：「人渣！他媽的要是還信了你的鬼話老娘早就完了！老娘有

男人，名叫何志民！」

　　他一度有些目眩，胃腸開始不自覺地拼命翻滾起來。

　　他的重心漸漸地偏離了。一刹那，地上發出一聲轟鳴，仿佛一顆巨星的隕落，光明而慘烈。

　　遠處的樹蔭下，一位男人應聲跑出。他面無表情地與那具軀殼對視了一眼，接著長笑起來。

　　白色的月光下瀰漫著腥味，紅色的液體滲入了綠色的草坪。

　　（註：本文原作爲小說結尾，後因作者意願決定放棄該結局，故收入附錄）

西元 2020 年 4 月 26 日

本文初稿完成於萍鄉

8 月 31 日第一次修訂於萍鄉

10 月 11 日第二次修訂於南昌

國家圖書館出版品預行編目資料

只是當時已惘然／見澤居士著. —初版.—臺中
市：白象文化事業有限公司，2021.3
　　面；　公分.
ISBN 978-986-5559-79-3（平裝）

857.7　　　　　　　　　110000596

只是當時已惘然

作　　者　見澤居士
校　　對　見澤居士、賀盈琪
專案主編　吳適意
出版編印　吳適意、林榮威、林孟侃、陳逸儒、黃麗穎
設計創意　張禮南、何佳諠
經銷推廣　李莉吟、莊博亞、劉育姍、王堉瑞
經紀企劃　張輝潭、洪怡欣、徐錦淳、黃姿虹
營運管理　林金郎、曾千熏
發 行 人　張輝潭
出版發行　白象文化事業有限公司
　　　　　412台中市大里區科技路1號8樓之2（台中軟體園區）
　　　　　出版專線：（04）2496-5995　　傳真：（04）2496-9901
　　　　　401台中市東區和平街228巷44號（經銷部）
　　　　　購書專線：（04）2220-8589　　傳真：（04）2220-8505
印　　刷　普羅文化股份有限公司
初版一刷　2021 年 3 月
定　　價　300 元

白象文化　印書小舖　出版・經銷・宣傳・設計
www·ElephantWhite·com·tw　f 自費出版的領導者　購書 白象文化生活館